夫の隠し子を見つけたので、溺愛してみた。

OTTO NO KAKUSHIGO WO MITSUKETA NODE DEKIAI SHITEMITA

辺野夏子

illust 天城望

TOブックス

CONTENTS

イラスト **天城望**

デザイン **早坂英莉＋ベイブリッジ・スタジオ**

プロローグ

人気の少ない古びた教会で、結婚式が執り行われている。

新郎はエメレット伯爵家の嫡男であり、次期当主でもあるカシウス・ディ・エメレット、十歳。

新婦であるセファイア王国第三王女、アリエノール・エレストリア・セファイアは八歳だった。

セファイア王国では婚姻を結べる年齢に制限はないとはいえ、若すぎる二人の結婚式に参列しているものはまばらだ。

「新郎カシウス。汝はアリエノールを妻とし、健やかなる時も、病める時も、富める時も貧しい時もこれを愛し、共に助け合い、真心を尽くすことを誓うか？」

きゅっと引き結ばれた新郎の唇が、ゆっくりとひらいた。

「――エメレットに、誓います」

感情のない、固い、乾いた声だとアリエノールは思った。

「新婦アリエノール。汝はカシウスを夫とし、健やかなる時も、病める時も、富める時も貧しい時もこれを愛し、共に助け合い、真心を尽くすことを誓うか？」

アリエノールは言葉に詰まった。練習してきたはずなのに、口がうまく回らなかった。カシウスが横目で不安そうな視線を投げかけているのに気が付いて、アリエノールは慌てて口を開いた。

「……セファイアに……誓い、ます……」

精霊に永遠の契りを誓う神聖な儀式で、堂々と嘘をついてもよいものかしらと、アリエノールは冷や汗をかいた。

——だって、私に健やかなる時なんて、一瞬だってないのだもの。

ベール越しに、頬に一瞬触れたか触れないかの口づけがあった。目を開いたアリエノールの視界に入ったのは、王妃である母が人目もはばからずに号泣している姿だ。

「かわいそうなアリー。いつまで生きられるかわからないのに政略結婚だなんて」

「やめないか。……エメレット伯爵家を滅ぼすわけにはいかないのだ。これも王女の務めだ」

泣きじゃくる王妃を窘めたのはアリエノールの父である国王だ。

「アリーを人身御供に捧げるなんて、いくら泣いても十分だということはありませんわ。ルベルなんて大泣きして、熱を出したままいまだに寝込んでいるのですよ……」

「やめないか、グルナネット。お前が他所に出せないお転婆娘のせいもあるのだぞ。……これからのことを思えば、もっと明るく見守ってやるべきだろう」

文句を言う第二王女グルナネットを窘めたのは王太子で、アリエノールの兄であるカルディナードだ。

兄に注意されて、グルナネットは肩をすくめた。

四人はアリエノールの愛のない結婚を見届けるために、いわゆる辺境と呼ばれるエメレットまで参列のためにやってきていた。

――空気が最悪だって、私にもわかるわ。

この結婚はいわゆる政略――お家取りつぶしの危機に瀕しているエメレット伯爵家を救うための結婚だった。

爵位を返上し平民に下り、エメレット領を国直轄領としてほしい――エメレット伯爵領を代表して、家族を亡くした十歳の身の上ながら王都へ嘆願に上がったカシウスの意見を王は『エメレットはエメレット伯爵家にしか治められぬ』と却下し、第三王女アリエノールの降嫁をその場で言いわたした。

あるいは――これは自分が花嫁衣裳を着ることができないのは不憫だと、自分のための結婚式なのかもしれないと、アリエノールは思う。

「――アリエノール、行きましょう」

カシウスに手を引かれ、アリエノールはすすり泣く声と、きしむ床の音を聞きながら婚家へと向かった。


「アリエノール殿下。本日はお疲れ様でした。本日からあなたがここの領主です。……今日はごゆっくりお休みください」

初夜の床で新妻に向かって、夫であるカシウスは臣下の礼をとり、そのままどこかへ行こうとした。

「カシウス様。少し……お話しよろしいでしょうか」

「ええ。なんなりと。……様はいりません」

「カシウス様……私はあなたの、妻にはなれません」

「……そうですね」

カシウスはそれだけ言うと、だまってアリエノールの話を聞く姿勢を取った。緑に金がかった特徴的な瞳は、このエメレットの地に住まう伯爵家にだけ見られる特徴と聞いていて、アリエノールはカシウスの顔を今日、ランプの薄暗い光が頼りではあるけれど、初めてまじまじと見つめたのだった。

「お話を聞いたとは思いますが、私の心臓は二十歳までもちません。ですから、妻としての勤めを果たすことはできません」

自分はきちんとした大人に、ましてや花嫁や、母親になど決してなれないのだと、八歳のアリエノールは理解している。

「私は王女です。王族とは、国民の為に尽くすもの。私はこのエメレットを救うためにやってきました。この命を大精霊にお返しするまで、誠心誠意、自らの勤めを果たすつもりです。けれど、お気遣いは無用です。私のことには、構わないでくださいね」

「――そういう訳には、いきませんよ」

カシウスは片眉を上げたあと、言葉を呑み込むように唇を噛んだ。

一章　結婚はしたけれど妻にはなれない

「アリー様、暑くなる前に戻りませんか」

私を呼ぶ声にゆっくりと目を開くと、エレノアが神妙な顔でこちらを見下ろしていた。

建国伝説の残る古い森――私たちはここを「精霊の森」と呼んでいる――で、国に恵みをもたらすと言われている精霊に祈りをささげていた。

……そのつもりが、白昼夢を見ていたようだ。森に漂う濃い魔力が人を惑わすのだろう。

「熱心にお祈りされておりましたところをお邪魔してしまって申し訳ありません。しかし、来客のために氷菓子の用意をすると言っていたのがきちんとできているか心配で……」

「そうね、もう行きましょう。もうすぐ『地霊契祭』があるから、カシウスの安全と領地の平穏について精霊にしっかりとお願いをしないと、と思って遅くなってしまったわ。それに生まれたばかりのマルティーヌの双子の健康と、料理長の娘さんの安産と、ダインの弟の王立学園受験と……」

祈りの内容を事細かに思い出していると、エレノアが小さくため息をついた。

「アリー様は……本当に……真面目な方です」

「真面目というか、当然のことよ。だって私はエメレット伯爵夫人なのだから」

少しだけ微笑むと、エレノアは唇をとがらせた。彼女は元王女の私が伯爵夫人の身分に甘んじていることが今でも少し、不満なのだ。

「エメレット伯爵……あのような冷たい男のことを気にかけるなんて、本当にアリー様はお人好しです。戻ってこない夫の為に領地運営をして、心身の無事をお祈りし、嫌味のひとつも言わないで……」

私は結構嫌味を言っているけれど、エレノアは気が付いていないだけだと思う。

「カシウスはお仕事があるのだし、領地のために学んでいるのよ、忙しいのは仕方ないわ。エメレットは冬の間は雪に閉ざされて、通行が大変になるしね。戻るにも一苦労だから」

「冬はもう終わりました。とうに春が来て、今は夏です。なのに、カシウス・ディ・エメレットは戻ってこない」

先行して歩いていたエレノアはくるりと振り向いて、私の前に白い手袋がはまった手をぱっと広げてみせた。

「もう五年ですよ、五年。その間一度も、アリー様に顔も見せないで。手紙だけ頻繁に送ってきてああだこうだと指示を出すくせに、物や金だけ送りつけて、帰ってこない」

この屋敷に嫁いで、もう十年になる。

私の夫であるカシウス・ディ・エメレットは、五年間、この土地に帰ってきていない。

私はこの国の第三王女として生まれたが、先天性の病——体から魔力を放出することができず、体内に魔力がこもってしまう。やがて心臓がその負荷に耐えられなくなり、破裂して死に至る。

生後まもなくから、二十歳までは生きられないだろうと医師から宣告を受けていた。

当然、何時死ぬか分からない、魔法も使えない、子どもが望めない王女など政略結婚の駒に使える訳もなく、私は王宮の片隅でひっそりと生きていた。

ある時、そんな私に白羽の矢が立ったのだ。

疫病が国全土で流行し、ここエメレット伯爵領は甚大な被害——領主一族を相次いで失うという不幸にみまわれた。

この国では男女ともに、未婚の者には爵位継承権がない。そこで王家は幼い当主候補に王女を与えて形ばかりの妻とした。

それが私だ。

それによって跡取り問題は解決し、健やかに育った当主は若くして妻に先立たれたのちに健康な跡取りが産める女性を後妻に迎える。

そのような筋書きに文句があるわけではない。

あるわけではないけれど……かと言って『はい、役目を終えたのでもう死にます』とはならないのが人生というものだ。

そういう訳で、私、アリエノール・ディ・エメレットは夫の帰りを待ちながら、エメレット伯爵夫人として今日も生きている。

夫が帰ってこないと言っても冷遇されているとか、生活に不便を感じているとか、そういったことはまったくない。

領主夫人として全ての権限を委任され、移り変わってゆく風景を眺めながら好き勝手に暮らしていて、嘆き悲しみながら日々を過ごしているわけではないことをもちろんエレノアは知っている。

けれど思ったことは何でも言わないと気が済まないというのが彼女の性分なのだ。

「領地の行き来にお金もかかるしね。……それに、噂のこと、知らないでもないわ」

夫であるエメレット伯爵カシウスは、最近外交で訪れた隣国の王女と熱心な交流を持っていると聞く。まあ、実際にその場を見たことはないのだけれど。こんな田舎まで話がやってくるぐらいだ、真っ赤な嘘とも言い切れないのだろう。

……私が認識しているカシウスは女の人の容姿がどうこうとか、そういったことを一切口に出さないし態度も変えない、とにかく仕事のことばかり考えている真面目な人……という印象なのだけれど、少年から大人になる段階でそういうことに目覚めても別におかしくはない。

「……だ、誰がそのような不埒な言動をお耳にぃ！」

「あなたの態度を見て、何かを察するなと言うのが無理な話よ。……健康で、立派な王女様がこの地に来てくださるのなら悪いことではないわ」

「アリー様……」

「気にしていないわ。……手紙は来るのだし」

にっこりと微笑みかけると、エレノアの眉間にしわが寄った。そう、私は夫が戻ってこないことを気にしてはいないのだ。

とは言っても、私はカシウスのことが不思議と嫌いなわけではない。屋敷の人も彼を不実だと本人のいないところでなじる人はいるけれど、本心では彼を慕っている者がほとんどだ。

カシウスという人はなんでも勝手にやってしまって、一度決めたことは曲げない人だ。彼には彼の中で、何かの大義があるのだろう。

……その心の内が明かされるのは、おそらく私が死んだあとになるだろうけれど。

カシウスは若くして当主になったせいか、無愛想で、つっけんどんな態度を取るので誤解されやすいが、誰よりも領地のことを大切に想っている。想っているからこそ、どうせ失われる妻のことに余計な気をもむ必要はないのだ。

だから、私は理解のある妻のつもりだ。多分周囲にもそう映っていると思いたい。

「ですが……」

「いいの？　カシウスが帰ってきたら風紀の乱れをより厳しく取り締まるかもしれないわよ？　あなたにとっては今の方が好都合、かも」

「ひ、人聞きの悪い話はおやめください」

精一杯のあくどい笑みを向けると、エレノアは額の汗をぬぐい、乱れた襟を直した。彼がいない間に、最初は犬猿の仲だった執事長のレイナルトとエレノアが結婚を考える仲になったなんて楽しいことを、カシウスは知っているのだろうか？

「皆がカシウスの悪口を言うのだから、私だって皆の色恋沙汰を聞いて楽しむ権利があるわ。結婚式はいつなの？」

「わ、私は……主人であるアリー様が夫を待っているというのに、自分の家に夫がいるのはけしからんと……」

「むしろ命のあるうちにエレノアの赤ちゃんを見てみたいわ。そしてこの腕に抱いて、命の温かさを感じたいの」

私に残された時間はもうわずかだ。いつ何時心臓が壊れてしまうかわからない。

夫との再会は叶わないかもしれないが、せめて、王家から降嫁する際に侍女兼護衛として私についてきてくれて、今となっては補佐の仕事までしてくれているエレノアの幸せを見届けたいのは当然だ。

「あ、アリー様……なんともったいないお言葉……」

エレノアは涙もろくてすぐに泣き出してしまう。今後が心配ではないと言えば嘘になる。

「わ、わかりました。このエレノア……ぐすっ、今宵にでも孕んでまいります。申し訳ありませんが、十ヶ月ほど……っ、お待ちください、ませ……」

「ごめんなさいね、そんなに急かすつもりじゃなかったのよ。ほら、泣かないで……」

ハンカチを取り出そうとした瞬間、脇にある獣道の奥から、がちゃがちゃと金属がこすれ合う音が聞こえてきた。

「何かしら?」

この森は神聖な土地だ。地元の住民が薬草などを採りに来ることは、一部の許可を持つものを除いて基本的にない。

「アリー様、やぶの中はアズマリア殿の罠が張ってありますから、危険です」

獣道をかき分けて進もうとする私を、エレノアが腕で遮った。

「罠？　神聖な精霊の森の動物は殺生禁止でしょう」

「殺傷するためのものではありません。……出るのですよ」

「何が？」

「精霊の神殿に供えた食材や酒を綺麗に平らげる動物が、です。痛い目を見て学習してもらうために罠を張っていると聞いております」

「言われてみれば確かに……？」

ここ最近、祈りに向かうたびに供えていた食物がなくなっていた。てっきり清掃係が回収しているのだと思っていたけれど。

「はい。獣が人間の食べ物の味をしめてうろつくようになったのかと。問題ありません、夕方にはアズマリア殿が回収に来て、中の獣を逃がす手筈になっています」

それなら仕方ないかしらと納得しかけたその時。

『……て』

「あら？」

「どうされました、アリー様」

「何か聞こえるような」

『ここからだして〜〜』

今度は金属音とともに、助けを求める声がはっきりと聞こえた。

「子どもの声がするわ。面白半分で迷い込んで罠にかかってしまったのかも」

叫び声はおさまったけれど、耳をすませると薄暗い森の奥から、子どもがすすり泣くような声が聞こえてくる。

「……私には何も聞こえませんが」

エレノアは神妙な顔で耳の横に手を当てている。嘘にはまったく見えない。

「ええ、そう？　かなりはっきり聞こえているけれど」

「いえ……」

二人でしばらく顔を見合わせていても、エレノアの疑わしそうな表情に変化はなかった。

『せまいよ～』

「狭い、って言っているわ」

アズマリアはそんなに大きな罠を張ったのかしら。……猪や狼用の罠かしら？

「……では、私が見て参りましょう。お洋服が汚れてしまいますからね、アリー様はそこでお待ちください」

「お願いね」

エレノアはそう言うと、音が聞こえた方向へとガサガサと草をかき分けて進んでいった。

「……」

『だして～』

待てども待てども、エレノアからは報告がない。けれど声はずっと聞こえている。とても不思議な感覚だ。近くにいるような、それとも遠くにいるような……。

「ねえ、エレノア。どうなったのー？」

「……アリー様、何も見えないのです‼」

じれて声を上げると、困惑したエレノアの声が返ってきた。

「自力で脱出を？」

「いえ、暴れています。……私には何も見えませんが、音がしています」

『いるよー、いるよー』

声の主は確かに『いる』。けれど、エレノアは何も見ることが出来ないと言っている。これは、もしかするとゆゆしき事態かもしれない。

「……ひょっとしたら、罠の中にいるのは精霊かもしれないわ」

「……精霊、ですかー⁉」

この森には精霊が棲んでいるけれど、魔力を持たない人間にはめったなことでは精霊が見えない。エレノアが認知できないのは当然のこと。

……もっとも、精霊が望まなければ、私やカシウスのような魔力のある人間だとしても、彼らの姿を見ることはかなわないのだけれど。

「精霊が人間の食べ物で罠にかかるものですか？」

「好きだから、お供えをする文化があるのよ。……ちょっと待って、私もそっちに行くわね」

どうせ誰もいないからとスカートの裾をたくしあげ、草を踏み分けてエレノアのもとに向かう。

彼女の足元には確かに金属製の檻があり、中にはぼんやりした淡い緑色をした光の魂があって、小刻みに揺れていた。

顔はないけれど、私を見つめている――そんな感覚がした。

「あら、本当の本当に精霊がいるみたい。ごめんなさいね。うちの人たちが」

緑色の光が心細そうに体を揺らした。

「本当に……この中に精霊がいるのですか？」

「ええ、確かに。早く出してあげないと」

入口を開放してやると、おずおずと緑色の光は檻から這い出てきた。床部分にはパンくずがちらばっていて、どうやら本当にお供え物に興味をしめして罠にかかってしまったらしい。外に出て自由になったあとも緑の光はとどまって、ぷるぷると震えているようだった。

「本当にごめんなさい。パンが食べたかったのね。かわいそうなことをしてしまったわ」

『おかしがたべたかったの』

精霊は意識の集合体のようなもので、個々の意識があることは稀。趣味嗜好があるとしたら、それこそすべての精霊を統べる大精霊と言えるだろうけれど……。

「お菓子ね。神殿のものはすべてあなたたちのものだから、今度からはもっといっぱい持ってくるわね」

精霊は敬うものだが、私だって領主代行だ。あまりにも下手に出る必要はない。にっこりと微笑むと、緑色の光は少しだけ、背伸びをするように大きくなった。

『ことばつうじる？』

「ええ、聞こえているわ」

これは驚いた。どうやら意思疎通が可能で――彼女、理由は分からないけれどなぜかそう思う――の方から、会話を試みようとしている。

「アリー様、先ほどから誰と会話を？」

エレノアが訝しげな顔で私を見ている。

「精霊とよ」

「……？　では、獣ではなく精霊がお菓子を食べたがっていて、罠にかかったと言っているのですか？」

「ええ」

「そうでありますかぁ……屋敷の皆に、よい土産話ができそうですね」

『ありー。ありーは、ありえのーるとちがう？』

姿形は奇っ怪といえるかもしれないけれど、言動は愛らしい子どものようなものだ。おそらく、精霊として自我を持ち始めたばかりなのだろう。

「私がアリエノールよ。アリエノール・ディ・エメレット」

皆と親しくなりたくて、愛称である「アリー」と呼んでほしいと言い出したのは私だ。今では「アリエノール」と呼ぶのはカシウスしかいない。

『ありえのーる！　はじめてみた！』

精霊は、なんだか嬉しそうにぴょんと跳ねた……ように見えた。

「ええ。私も初めまして、かしら」

『いつもたべものくれるにんげん。いつもみてる。きょうははじめてみた』

どうやら、精霊は祈りを捧げにやってきた私をいつも見ているらしいことがわかった。

「ええ、そうよ。あなたが食べていたのね、今度はもっとたくさん持ってくるわね」

『こおりがし、たべたい。やっと、ここまであるけるようになったの。だからつめたいたべもの、まだしらない……』

「ごめんなさい、氷菓子はここまで持ってこれないの。うちにくれば……」

どうやら精霊は森で私達が喋っている内容に注意深く耳を傾けているらしい。これは、皆にカシウスの悪口を言わないように注意しないと……。

『うち？　エメレット、ぜんぶうち』

「うちと言うのは、森の外にある人間が住んでいる場所よ。私はそこにいるの」

エレノアが慌てた様子で私の袖を引いた。

「アリー様、アリー様。精霊とあんまり喋ると、魂を取られますよ。このあたりには、精霊が家に入り込んで子どものふりをしたり、子どもをすり替えたりする悪戯をしてくるという伝承があるのはご存じでしょう？」

「それならいいじゃない。私、そんなかわいい悪戯なら、されたいわ」

何を仰っているのですかと、エレノアが口には出さないけれど呆れているのがわかる。

けれど口からこぼれ出たのは、私の願望に他ならない。

「だって……そうしたらうちにも、子どもが来るってことでしょう」

十年の間、エメレットでは沢山の人が結婚して新しい家庭をつくり、命が生まれた。

……私はずっとそれを眺めていただけで、いつまでも、そして最後まで蚊帳の外だ。

「アリー様……」

「私だって……本当は……」

『する、する、いたずら、する。いたずらしておかしもらう』

ひょんなことから妙な空気になってしまいそうなところ、精霊が会話に割り込んできてうやむやになった。精霊の森に漂う濃い魔力は、人を感情的にさせる作用があると理解していたはずなのに、それを忘れてしまっていた。

……気持ちを切り替えよう。深呼吸して、にこりと微笑む。いつものアリエノールの顔になっているはずだ。

「……ごめんなさい、帰りましょうか。お客様をお迎えする用意をしなくてはね」

「はい。アリー様の仰せのままに」

『ありえのーる、まって……』

精霊は私の後ろを付いてこようとしている。けれどまるでカタツムリのようにゆっくりで、とてもではないが待ってはいられない。

「ごめんなさいね、お仕事があるから。また来るわね」

『ついてく……うちのこ、ありえのーるの、こども……』

精霊の言葉に後ろ髪をひかれながら、私は森を後にする。けれど精霊のことを言えないぐらいにゆっくりとしか歩けない私が精霊の森に繋がっている屋敷の裏口に辿り着いた頃には、小一時間ぐらいは経過していただろうか。

裏口から屋敷に入ると、使用人が皆、一様に慌てふためいていて、予定より早い来客の訪れを知った。

「あ、アリー様っ！」

地下の酒貯蔵番をしている少年、ダインが真っ青な顔でぶるぶると震えながら私に声をかけてきた。……なんだか目が血走っているように見えて、一瞬身構えてしまった。

「ダイン。もうメイユール公爵がお見えなのね」

「あ、はい、あの、その、えっと、それどころじゃなくて、えっと、その、本当に今、まじで今この瞬間なんですけど、それどころじゃなくて。もっともっと大事なことが、あの、あるんですけど、でも俺には関係ない、いやあるんですけど俺がどうこう言うのはおかおかおかしいかなって」

ダインのどもり具合は尋常ではなく、何が言いたいのか全くわからない。

「ダイン、お前は何を言っているのだ。メイユール公爵のお出迎えより大事な仕事が、今日あるわけなかろう」

エレノアの呆れたような声に、ダインは手にワインの瓶を持ったまま、ぶんぶんと首を横に振った。彼は若いけれどしっかりしているから、この様子はちょっと、いや大分おかしい。

「ダイン。具合が悪いなら無理せずに休みなさい。メイユール公爵のお相手は私がするから」

メイユール公爵と言っても、ルベルは私のいとこで気の置けない仲だし、エレノアの一番下の兄が近衛として彼に仕えている。

「あ、ひゃい、ありがとうございます」

踵を返したダインは廊下の壁に激突してしまい、痛みで起き上がれないのか、そのままうずくまってしまった。

「はあ……なんだ、この屋敷は。……アリー様、私はダインを部屋まで戻して、レイナルトに状況を確認してからご挨拶に向かいます」

「ええ、大丈夫よ。待っているわね」


「アリー、元気だったかい」

お気に入りの緋色の上着を身に纏ったルベル・メイユール公爵が、明るい笑顔で両手を広げ、まるで家主かのように私を出迎えた。

ルベルは若くして公爵位を継ぎ、社交界では彼の心を射止めんとする女性が列を作っているという噂だ。……私はその現場を見たことがないけれど。

「閣下。お待たせしてしまって申し訳ありません」

「僕と君の仲だ。敬語はいいと言っているだろう」

「私は伯爵夫人だもの、最初の挨拶まではそうもいかないでしょう?」

軽く片目をつぶると、ルベルは柔らかく微笑んだ。

ルベルは病弱な私のことを気にかけて、忙しい合間を縫ってお見舞いに来てくれる。子どもの頃は何時も一緒に居たから、まるで本当の兄のような存在だ。忙しいだろうに、義理堅い人だ。……あまりにも義理堅いのか、私がエメレットに嫁いだ後も、何かと贈り物をしてくれる。……カシウスが王都や外交先で見つけた珍しいものや便利なものを送ってくると、まるでそれに対抗するかのようにルベルが私に何かをくれて、そのおかげかエメレットには、最新のものが結構あるのだ。

「それで、今日はなんのご用事でしょう。公爵閣下自ら、国内の調査に？」

「いや。君の顔を見に来ただけだ。地霊契祭の準備に入ると忙しくなってしまうしね」

ルベルは私の手を取って、目をじっと合わせてきた。ちょっとキザったらしい人。というのが私の彼に対する印象だ。こんなことをしているから、もてると噂の割にはきちんとした婚約者が見つからないんじゃないかしら。

「立ち話もなんですから、どうぞかけてくださいな。……王都はさぞ賑やかなのでしょうね？」

「ああ。今年は毎年の建国祭とはまったく違ったものになるだろう」

私たちのセファイア王国では、毎年秋に土地を豊かにしてくださった大精霊ユリーシャへの感謝をしめす建国祭が行われる。

今年は三百年の節目——伝説によると、大精霊ユリーシャは初代の巫女カリナと豊穣の契約を結んだが、その当時、すでにユリーシャの寿命はそれほど残っていなかったらしい。「自身が大精霊としての寿命を終えたあとは、その魂からまた新たな大精霊が生まれる。国の代表たる巫女と、次代の大精霊があらたな契約を結ぶのだ。それができれば国はより一層栄えるようになるだろう」と言い残したと伝承にはある。

大地に棲まう大精霊と新たな契約を結ぶから地霊契祭と名付けられたのが建国時から決まっていたのだというのだから驚きだ。

「し、失礼いたします……」

給仕係のダニエラが汗びっしょりの姿でカートを押して入室してきた。

慌ただしくお茶と氷菓子の用意をして、そのままそそくさと去る。動き自体はとくに失礼なこともないけれど、なにしろその動きが普段の五割増しかと言わんばかりの速度で、一刻も早くここを離れて向かいたい場所がある、そんな感じだ。

「何しろ建国して初めての催しだからね、皆手探りさ」

ルベルはダニエラの様子を気にするふうもなく、にこりと微笑んだ。

「楽しみだわ。ささ、送ってくれた魔道具で作った氷菓子よ、エメレット産のワインと蜂蜜で……あら、スプーンがないわ。もう、こんな時に皆どこに行ってしまったのかしら」

普段いるはずのメイドのラナもエレノアもいないし、執事長のレイナルトだっていない。

公爵より大事な来客などいるはずもないのに、お茶の用意だけがしてあって、人の気配はまったくない。この屋敷は人材が潤沢とはいえないので、常にギリギリの人員で回してはいるけれど、これはいささか手薄すぎる。

ルベルはああ言っていたけれど、彼が本当にお見舞いを装った監察官だったら、どうするつもりなのかしら。

「まあ、個人的な訪問だ。いちいち挨拶をされていては君と話す時間がなくなってしまうから僕としてはこちらの方が好都合だ」

ルベルは再び私の手を取り、口づけた。我がいとこながら本当にキザな人だと思う。

「体調は良さそうだね」

「ええ。いただいた氷菓子を作るための魔道具も、皆喜んで毎日使っているわ。さぁ、溶けないうちにテラスで森を見ながら一緒に頂きましょう」

絡められた手を振りほどいて口にした言葉に、ルベルは申し訳なさそうに顔をしかめた。

「アリー。今回ここに来たのは、君に菓子の感想を聞くためじゃないんだ。今後について、話をしに来たんだよ」

「……離縁の予定はありません」

ゆっくりと首を振る。彼がこのあと、何を言うのかはわかっている。ルベルは会う度に離縁を勧めてくるけれど、彼は独身で婚約者の一人もつくらないから、結婚がどんなに重いものなのか知らないのだ。

「君が格下の伯爵家に降嫁することになったのは、国王陛下の温情による救済措置だ。当主であるカシウスは成人し、領主の地位を得た。……君の使命は終わったんだ、第二の人生、好きなふうに生きていいんじゃないか」

「私、自分が不幸なつもりはないけれど？」

自分のことは、自分が一番分かっている。私は私の宿命に折り合いをつけてきたつもりだ。全く不幸だとは思っていないし、穏やかな喜びを感じてさえいる。今更、王宮に戻って余生を過ごしなさいと言われても、そんな老後みたいな生活はごめんこうむりたい。

「これは僕一人の意見ではない。両陛下もアリーが王宮に戻り、地霊契祭の巫女として国民にお披露目をされるのを望んでいらっしゃる」

「私に？」

巫女は国民から選ばれ、儀式に応じて姿を現した大精霊に感謝の意と、これからの豊穣に向けて新たな守護を乞う非常に重要な役回りだ。けれど、とくに王家に連なるものである必要はないと聞いていた。

「姉様たちのどちらかではないの？」

長姉であるエキュマリーヌは他国へ嫁いでいるが、祭りの時には帰国する予定だし、次姉のグルナネットは独身で国政に携わっている。

「それは君の体調がいつ悪化するかわからなかったからだ。けれど、今は安定していると聞いているよ。ぜひ巫女として王都に帰還し、そのまま王宮に戻ってゆっくり暮らすのも悪くないと思わないか」

「……夫が帰ってこないことには、決められないわ」

ルベルは大げさなため息をついた。

「カシウス・ディ・エメレットは君に見向きもしないんだろう。不義理なことだ」

「彼は口下手なのよ。若い時から責任を一身に背負って、気負いすぎなの。だから、エメレットのために知見を広げようと必死なのよ」

カシウスは私にすべての権限を譲渡しているから、私が夫の帰郷を待たずして答えを出すことは簡単だ。単純に、私はこのエメレットの土地と人が好きで、人生の半分以上を過ごしたこの地に骨をうずめたいと考えている。だから、これはいつもの言い訳だ。

なんだかんだ、彼の味方でいてあげる。というのが、妻としての唯一の矜持みたいなものだし。

「カシウス・ディ・エメレットが了承すればいいんだね」

ルベルは私に念を押した。

「ええ、彼がいいと言えば」

「そうか。わかったよ。夫婦でよく話し合ってくれ。よい報告を期待している」

ルベルにとっての良い報告は私にとっては悪い報告だ。悪い人ではないのだけれど、私の気持ちが置き去りにされているのが、いつも少し嫌な気分になる。

「お見舞い、ありがとう。また近いうちに会えるとうれしいわ」

「もちろん。いつでも君の力になるつもりさ」

「ええ、ありがとう」

会話が終わったことを察したのか、控えめなノックの音がした。

「入っていいわよ」

「姫、お久しぶりです」

静かに入室してきたのは、エレノアのすぐ上の兄であるジャックだ。気の強そうな顔立ちは、一目でエレノアとジャックが肉親だと分かる。

「エメレット伯爵夫人のアリエノールよ、レンズビー伯爵家令息のジャック様」

私の言葉に、ジャックは少し気まずそうに咳払いをした。

「我々にとっては、あなたはいつまでも姫君なのです。お許しを。……ところで、妹の姿が見えぬようですが……あいつは仕事をほっぽり出して何処にいるのです？」

「ああ、彼女には私が急病人の面倒を見るようにお願いしたの。御父上にはエレノアはよくやっていますとお伝えして」

「ありがたいお言葉です。……それではルベル様、日暮れが近づいておりますのでそろそろ……」

ジャックに促されて、ルベルは名残惜しそうに私を見つめた。

「アリー、そういうことだから。真剣に考えておいてくれよ」

ルベルのお見送りにも数人の人間が出てきたのみで、使用人たちの姿はまばらだ。ルベルが全く気にしていないからまだいいものの、ジャックは少し不審に思っているようだった。

馬車を見送っていると、バタバタとした足音とともに、エレノアが走ってきた。

エレノアときたら、今の今まで、一体どこで何をしていたのかしら？

「もう、エレノアったら。公爵様にお顔も見せずに。失礼でしょう」

お兄さんのジャックには言い訳をしておいたからね。と続けようとしてエレノアの様子まで妙なことに気が付いてしまう。

「……た、た、たい……大変、もももも申し訳……ありませぬ。多少……ささいな……つまらぬことで……立て込んでおりまして」

エレノアの顔は土気色で、暑さのせいだろうか、全身に汗をびっしょりかいていた。

生真面目なエレノアが大貴族であり私のいとこでもある公爵の来訪をないがしろにするとはとても考えられなかった、生家で兄に今日の不手際を言いふらされないとも限らないし。

それなのに顔を見せなかったというのは、相当に大変なことがあったのだろう。それか、エレノアも体調が悪いのかもしれない。何しろ顔色が悪い。先ほどはからかってしまったけれど、もしかして、悪阻とか……？

「なんだか大変みたいだから、下がっていいわ」

「は、はい。ありがとうございます。失礼します」

エレノアはまるでゼンマイ仕掛けの人形のように、不自然な動きで去っていった。

入れ違いに執事長のレイナルトがこちらに向かってくる。彼は年若い青年だけれど、先代の執事長だった祖父の後を継いでこの屋敷の執事長の任についている。

『屋敷のことやエメレットのことでわからないことは彼に聞け』とカシウスも全幅の信頼を置く人物だけれど……彼も動きがおかしい。酔っ払っているわけもないのに、足元が若干ふらついている。

「レイナルト。あなたまで挨拶に来ないなんて公爵様に……」

「旦那様のっ！」

「カシウスの？」

「……失礼しました。旦那様からのお手紙を預かっております」

レイナルトはぐしゃぐしゃになった紙を差し出してきた。広げてみると、それはカシウスから二週間おきに届く私への手紙だった。

『親愛なるアリエノールへ。気温が上がって参りましたが、体調はいかがでしょうか』

書き出しにこそバリエーションがあるものの、中身は九割がた領地経営に関するもので、彼が一人で何を思い、余暇に何をしているのかは謎に包まれている。

『この手紙がエメレット領に到着する頃には、セファイア行きの船に乗っているころでしょう。まだ大分仕事は残っていますが、地霊契祭のころまでにはそちらに戻り、良い報告ができると思います』

「何か、書いてありました？」

レイナルトは体を伸ばして、私の背後から手紙を盗み見ようとしている。もしかして、結婚の相談でもしていて、二人はその返事待ちだったのだろうか？　だから緊張で様子がおかしいのかしら？

「いつもと同じよ。でも、もうすぐ帰ってくるんですって」

「帰ってくるんですか!?　もうすぐ!?　今更!?」

レイナルトは絶叫してのけぞった。陽気な人ではあるけれど、度を越したひょうきんではない。

……彼はカシウスと使用人の枠を超えて親しい仲なのに、そんなにも絶望したような声を上げなくてもいいのではないかしら。

「幼なじみのあなたまでそんなことを言うなんて、カシウスが聞いたら傷つくわ」

「いえ。戻ってきてくれることは……とても、うれしく思います。それでは……俺は、使用人の会議がありますので」

「あ、そうそう。会議をするなら……」

「アリー様は、ダメですよ」

「分かっているわよ。カシウスね、よい報告ができると思う、って」

そう告げると、レイナルトの顔はからからに乾燥した葉っぱのようにくしゃくしゃになった。

「よい、報告……って言うのか、あれが……？」

「どうしたの？」

「い、いえ、何でもありません。アリー様、失礼いたします」

レイナルトはそそくさと去っていった。なんだか今日は妙なことばかりだ。カシウスのよい報告とはなんだろう。彼がそんな前向きなことを書くのは珍しくて、妙に気にかかった。


『カシウス様、お話をしましょうよ』

まるで走馬灯のように、子どもの頃の夢を見ている。

……あれは、結婚式が終わって何度目の夜だっただろう。私たちは最初の二週間ぐらいは、一緒の寝室で過ごしていた。まだ子どもの私たちに跡取りをつくる行為は求められているはずもなく、ただ、形ばかりの夫婦として同じ部屋に居た。カシウスはそれが嫌だったのか、毎晩書斎にこもって勉強をしていて、私が起きている時間に床につくことはなかった。

『まだ勉強がありますので。当家の歴史の話については、家庭教師にでもお聞きください』

彼は夜ごと、会話をねだる私にそう答えた。

『けれど、カシウス様』

『様はいりません。俺はあなたの夫ではなく、あなたの臣下です』

『臣下じゃないわ。私はこのエメレット家に嫁いだのよ。家族のことを知りたいと思うのは、普通よ』

妻にはなれないけれど、家族にはなれる。そう思っていた私は、あまりに無邪気だった。

両親からもう諦められたいらない子だから、政略結婚には使えないから辺境に追いやられたのだと、思いたくない感情の押しつけがあった。

『……そう、思っているのは、あなただけです』

カシウスの苦々しい顔は今でもはっきり、昨日のことのように思い出せる。彼は領地と引き換えに私という存在を押し付けられたのだ。私では、彼の孤独を埋めてあげることはできない。

私は、カシウスの家族にはなれないのだ……。


「……嫌な、夢」

目が覚めると、じっとりと寝汗をかいていた。人を呼ぼうと思ったけれど、廊下にいつも詰めているはずのメイドはいなかった。

屋敷はしんと静まりかえって、人の気配はない。

——せっかくだし、少し散歩でもしてみようかしら。

日中出歩いて、来客を迎えて、おまけに夢見が悪かったにもかかわらず、妙に体が楽だった。体の中にいつもこもっている魔力が、すっかりなくなっている感覚がするからだろう。

その状態を少しでも楽しんでおきたくて、一人、書斎へと向かう。不思議なほどに静かな夜だ。

窓からは妙に明るい月が私を見おろしている。

「……あら、レイナルト」

しばらく歩いていると、レイナルトが暗闇の中、壁に向かってぶつぶつと独り言を呟いているところに遭遇した。彼は私が声をかけると、何か見てはいけないものを見てしまったかのように、顔を歪めた。

「あ、あああああああああアリー様。どうされたのですか、このような夜中に。どこか痛みますか」

レイナルトは無理矢理笑顔を作ったけれど、頬は引きつっていた。昼間からずっと彼の様子はおかしいし、エレノアは部屋にこもっていて、夕食の場に顔を出さなかった。

この屋敷の中で、私の知らない何かが起きている。

「いえ。夢を見てしまって、なんとなく散歩を。子ども時代の……」

「子どもっ！」

レイナルトは素頓狂な声をあげた。エレノアもそうだけれど、エメレット家は疫病のせいで通常より早く世代交代が進み、当主であるカシウスとともに探り探りで成長してきた。だから、皆一本気で真面目なのだけれど、考えていることがすぐに顔に出るというか……とにかく下手なのだ、腹芸が。

「エレノアのことは気にしなくていいのよ」

大方、私が急かしたせいで『今すぐにでも子どもをつくってアリー様にお見せするのだ』などとエレノアに迫られたのかもしれない。

「そ、そ、そそそそうですか。そう言っていただけると、このレイナルト、少しばかり肩の荷が……」

レイナルトはハンカチを取り出して、額の汗をぬぐった。

「あなたはカシウスとこれからのエメレット領を担っていくのだから。自分の判断を信じてね。エレノアも一本気なところはあるけれど……話せば分かってくれるから」

私が持っていたランプの光に照らされて、レイナルトの顔に影が差す。

「……自分が納得できないことを、相手に納得させるには、どうしたらいいでしょうか？」

「……？　レイナルト、あなたが納得できないなら、きっとそれは正しくないことよ」

レイナルトはくしゃりと顔をゆがませた。失礼な言い方だけれど、飼い主の匂いが途絶えてしまって途方にくれた犬……のような感じ。いつも気丈な、無理をしてでも明るく振る舞おうとする彼の、こんなに情けない表情を見るのは初めてだ。

「どうしたの、レイナルト……」

「殺せーーーーっ!!」

私の言葉をさえぎるように、ドアの向こうからエレノアの怒声が響き渡った。よくよく考えると、ここは会議に使う部屋の前だから、日中からずっと、ここで会議をしていたのかもしれない。

「殺せとは不穏だわ」

エレノアは感情的なところはあるけれど、残忍な性格ではない。彼女がこれほどまでに激怒するようなことが、そうそうあるだろうか。

「あなたたち、一体何について話し合っているの？」

「な、なななななんでもありません。使用人同士のいさかいゆえ」

レイナルトは先ほど汗をぬぐったにもかかわらず、全身に汗をびっしょりとかいていた。彼は本当に、嘘が下手なのだ。

「エレノアは私の部下で、友人よ。彼女の話を聞いてあげる必要があるわ」

「いえ、いえ。アリー様には、全く無関係の話なのです」

がたんと、椅子が倒れる音が聞こえた。

「お前たち、この、恥知らずがっ！　アリー様に何と申し開きをすると言うのだ、このっ、このっ……バカにしおって！　こんな侮辱があるか！」

そうこうしている間にも、エレノアの怒りは一向に収まる様子はない。しかも、私の名前まで出てきている。

「レイナルト！」

「明日、改めて、お話しします。どうか、今はお引き取りを。お願いします、お願いいたします」

レイナルトは私の肩をぐいぐいと押した。彼が私の体に許可なく触れるのはよろめいたのを支える時ぐらいで、基本的にはしない。……つまり、彼は今、平常心ではないのだ。

「もう……」

話の内容は気になるが、ここはレイナルトの顔を立てることにした。何しろ顔が真っ青で、これ以上詰め寄ると今にも死んでしまいそうだったから。

強行策を取らずとも、明日になれば何の話をしていたのかわかるのだ。屋敷をぐるりと一周して戻ろうと、書斎の前を通りかかったその時。

——書斎のドアが、開いていた。

この部屋の鍵は私とカシウスしか持っていないはずなのに。勝手に誰かが入るのはありえないし、私はきちんと鍵をかけたはずだ。

そっとドアに近づいて中の様子をうかがうと、いつもカシウスが座っていた椅子のところに、小さな人影が見えた。

「……誰？」

私の問いかけに、小さな影は顔を上げた。月明かりに照らされたその子どもは——カシウスにそっくりだった。やわらかい金の髪に、エメレット家の人間にだけ伝わるという、うっすら金がかった緑の瞳。

もちろんカシウスではない。目の前の子どもは、伸びた髪の毛を肩の上で切りそろえていて、簡素なワンピースを着ているから、多分女の子だ。けれど、他人とは思えないほどに、彼女の外見は夫の幼少期に酷似している。

「あ……あなたは、誰……?」

もう一度、なんとか絞り出した問いに、彼女は目をぱちぱちとさせているようだ。

体中の血がぐるぐると巡って、心臓が早鐘を打つ。息が苦しい。めまいがする。

今にも倒れそうで、それでも彼女から視線を逸らすことができない。

少女はにこっと、屈託のない笑顔を私に向けた。

「このうちのこに、なりにきました!」

――もしかして、カシウスの、子ども、だったりして?

そう思った瞬間、私の体は限界を迎えたのか、目の前が真っ暗になった。


すすり泣きが聞こえる。夜の書斎で、いつもカシウスが泣いていたのを、私は知っている。

『父さん、母さん。俺、一人でも頑張るから……』

――そう、彼は一人なのだ。私はカシウスのそばに立っているけれど、一緒にはいない。

――彼が必要とするのは、私ではない。

二章　このうちのこに、なりにきました！

顔に日差しが差し込むのを感じて重いまぶたをひらくと、目の前にはエレノアの泣き顔があった。

この音がするから、また過去の夢を見ていたのね……。

「あ、ああああアリー様っ！　皆の者、アリー様が、意識を取り戻されたぞーーっ！」

「……大げさなのはやめて」

寝起きの耳に、よく通るエレノアの声はさすがに響きすぎる。

「大げさなことがありますか。突然意識を失われたのですよ。それから八時間も経っています、今は朝の八時です。いつもあんなにも眠りが浅いのに」

……心配をかけて申し訳ないのだけれど、体調はすこぶる良い。気を失った——ある意味、熟睡していたとも言える。

「ささ、お飲み物を。水がよいですか、それともお茶に？」

「……いいわ。そんなことより……書斎に、カシウスの子どもがいたのよ。そっくりな」

私の言葉にエレノアはぴたりと動きを止め、ぎぎぎと不自然に首だけこちらに向けた。

「……はて、それはけったいな夢でございますな」

「あなた、まさか、殺してないわよね？」

「め、めめめ滅相もない。修道院にぶち込めと申しつけておきました」

「……やっぱり『居る』のね」

夢かとも思ったが、どうやらあの少女は実在するようだった。

エレノアの叫びで私の目覚めを知ったらしいレイナルトがそそくさと入室してきた。彼の目の下にはクマが出来ていて、一晩で十年ほど老けたような気さえする。

男性である彼が私の部屋に入ってくることは基本的にないから、やはり一夜明けても彼は平常心を失ったままなのだ。

「レイナルト……」

「申し訳、ございません！」

返事の前に、レイナルトは頭を床にこすりつけた。

「旦那様……カシウス様が、このような蛮行に及ばれたのは俺の監督不行き届きです。今の今まで、まさかあんなに大きな子どもを隠していたとは露ほども知らず……」

「……では、あなたも、あの子がカシウスの子だと思っているのね」

ばっと顔を上げたレイナルトはなんとも気の毒になるような、情けない顔をしていた。

レイナルトはカシウスの友人ともいえる人だ。これからの未来――王家と伯爵家の板挟みになることを予見すれば、具合の一つも悪くなって当然というもの。

「いえ、その……自分としては、旦那様を信じたく。しかし、昨夜のうちに信頼のおける者総出であの子どもの出自に関する探りを入れましたが、まったく掴むことができず。どこぞの生活に困った女の狂言かとも思いましたが……」

「あの瞳、エメレットの縁者に間違いはないわね」

私の言葉に、二人はゆっくりと頷いた。

金がかった緑の瞳はエメレットの血を引くものしか持たないと言われている。

エメレット家の人々が疫病でほぼ死に絶え、御家断絶の危機に晒されたのは十年前のこと。もちろん、身体的特徴のない者も含めて他に生き残りがいないかどうか徹底的に調べ上げて、カシウス一人しか残らなかった。

つまり今、エメレット家の特徴を持っている子は、カシウスからしか生まれないのだ。

彼女がエメレット家の血を引くのなら、正しくカシウスの隠し子ということになる。

王都に愛人がいるならともかく、少年時代にこの地で愛人を……そして子をつくっていたなんて誰にも想像が及ばない。

何しろカシウス・ディ・エメレットという人間は、頑固な堅物として通っているのだ。

私を含め、誰一人考えもしていなかった事態が起きている。けれど、ここで三人で膝を突き合わせていても何も解決しない。

「……あの子に、会わせてちょうだい。まだ屋敷の中にいるのでしょう？」

例の彼女は昨日、私の留守中にこの屋敷に現れた。だから帰宅した時に皆の様子がおかしかったのだ。来客たちにそのことが発覚しなかったのは不幸中の幸いといえるだろう。

ジャックはともかく、ルベルにこの事実が知られては、何を言われるか分かったものではない。

「し……しかし、それは……お体に障るかと」

レイナルトは気の毒なぐらいおろおろとしている。彼を困らせたいわけではないけれど、これは私の責任でもある。

「私はこの屋敷の女主人。留守を任されています。彼女をエメレット家に受け入れるかどうかは、私が判断します」

「……わかりました。奥様の仰せのままに」

件の子どもは応接室でメイドたちが面倒を見ているらしい。

年の割には落ち着いていて、怯えたところがなく、まるで自分が受け入れてもらえることをかけらも疑っていないみたいだ――レイナルトはそう報告したあと、貝のように口をつぐんで、胃の辺りを押さえた。

ぴしりと廊下に列を作っている使用人たちの表情は一様に固い。不安で心臓がこのまま破裂してもおかしくはないのに、不思議なほどに――なんだか、早くあの子どもに会ってみたいような、奇妙な期待を感じながら、ドアノブに手をかけた。

「アリエノール！」

私の姿が見えるか見えないかのうちに、たっと駆けよってきた金髪の子ども。

「無礼な！」

エレノアが止めようとするのを手で制する。彼女はとととと、っと頼りない足取りで、私のスカートに顔をうずめた。

「アリエノールだ！」

「ええ、そうよ、私はアリエノール。エメレット伯爵夫人よ。よろしくね」

少女はすっと顔を上げた。聡明そうな、落ち着いた緑の瞳。——ああ、とても、よく似ている。疑いようがないほどに、まるで肖像画を描き写したみたいに、そっくりだ。

「このうちのこになりにきました。よろしくどうぞ」

彼女は今までの人生に悪いことなんて一回も起きていなさそうな、屈託のない笑顔を私に向けた。

「このうちの……子どもに？」

昨夜も、彼女は同じことを言っていた。

「ごはんとおやつがあればもんくいわない。おおきくなってがんばる」

「ごはん……」

子どもは痩せすぎでも、太りすぎでもない。快活で、血色もよく、健康そのものに見える。それはつまりこの子が健やかに育っていることを意味する。

服は高価な生地ではないものの、この辺りの子どもがよく着ているこざっぱりしたもので、肩の上で綺麗に切りそろえられた少し猫っ毛の金髪に傷みはない。

——大切に育てられているように見える。

「お腹がすいているのね？」

「はい。おなかがすいている。うまれてからずっと」

「いいわ。ご飯を食べましょう。……話は、ゆっくり聞かせてもらうわ」

どのような経緯でこの家に来たとしても、子どもを飢えさせるわけにはいかない……これは私のちっぽけな妻としてのプライドでもある。泣いたり、八つ当たりなんてことは私の矜持にかけてするつもりはない。

「やった、ごはん！」

子どもは喜びいさんで、両の手をあげ、ぴょんぴょんと跳びはねた。

……かわいい。

ごく自然に、心の内からわき上がってきた感情に、驚いた。

「アリー様……あの、本当にいいんですかい……？」

料理長のボグズが、信じられないと言った顔で私を見つめている。

「いいの。食事の用意をして。すぐにできるものでいいわ」

「すっぱいくるみのパンがいい！　すっぱいくるみのパンがいい！」

「注文をつけんじゃねえ！」

「はい」

怒鳴りつけられて、子どもはしゅんとしてしまった。すっぱいくるみのパンというのはライ麦のパンにくるみとヨーグルトを混ぜた料理長特製のパンで、よく神殿にも供えているけれど、市街地ではレシピが流通していないはずだ。昨日、誰かに与えてもらったのだろうか？

「ボグズ。もうすぐおじいちゃんになろうという身で、よその子に冷たくあたるのはよくないわ。彼女にはなんの罪もないのだから」

「……へ、へぇ。すんませんでした」

ボグズは頭を下げて、食事の用意のために離れていった。彼を非難する空気はない。カシウスの子だと思われているのにもかかわらず、周囲の隠し子を見る目がやや冷たいことは、私に対する同情のせいなのか、それとも王家の怒りを恐れてなのか、判別がつかなかった。

「ごはん、たのしみ。あったかいのがいいな」

幸いなことに彼女はこの空気をまったく気にしておらず、食事の内容に気を取られているようだった。

「……まだ、あなたをうちの子にすると決めた訳ではないわ。あなたのお名前は？」

「え？」

「あなたのお名前を聞かせてちょうだい」

膝を曲げて目線を合わせると、彼女はなぜか、目を逸らした。

「えと……なまえ、なまえ……？」

「そうよ。あなたはなんて呼ばれているの？」

「……え～っとぉ……」

先ほどまでは非常に溌剌としていたのに、急に歯切れが悪くなってしまった。

「なまえ、なんでもいいよぉ……」

なんでもよい。どう呼ばれても構わないと思っているということは。

「この家の子になるために、今までの名前を捨てると言うの？　そんなのは駄目よ。あなたを思っ

て付けられた大事なものなのだから。そんな悲しいことを言っては駄目」

小さな手を握ると、彼女の手は不思議なほどに冷たい。思わず、抱きしめて温めてあげたい衝動に駆られる。本当にどうしたのかしら、私。

先ほどから、体の中からわき上ってくる感情に、自分でもとまどっている。

「う〜ん。なのりをあげなきゃ、うちのこになれない？」

「ええ、そうよ。私はアリエノール。あなたは？」

彼女の小さな手は、私の手の平の中で所在なさげにもじもじとしている。

「じゃぁ……エノ……ォル」

「なに？」

緊張のせいなのか、耳元でぼそぼそと囁かれる言葉は不明瞭で聞き取れない。「アリエノール」に聞こえるのだけれど、まさか本妻と隠し子が同名なわけがないだろう。

「エノ……ォル……にしよっかなって」

「……ノエル、かしら？」

なんとか解釈したそれらしき名前を口にすると、表情がぱっと明るくなった。

「うん、ノエルにする。ノエルで、いいよ。ノエルは、ノエル！」

彼女の名前はノエルと言うらしい。……名前が似ているのは偶然だろうか。これが本妻に対する愛人からの皮肉だとは、思いたくなかった。

「……そう、ノエル、よろしくね」

「うん、よろしくどうぞ！」

ノエルはぎゅっと、手を握り返した。胸がきゅうっとなったのは、多分体に負担がかかっているのだと、思いたい。


「ふんふん、ごはん、ごはん……」

食事を待っている間、ノエルはひとまず安心したのか、食べ物のことで頭がいっぱいなのか、ろくな情報が聞き出せなかった。分かったのは、彼女がいかに食に貪欲かということだけ。

「本当に、すぐできるものしか用意できませんで……」

ボグズが申し訳なさそうに頭を下げた。口では乱暴なことを言うけれど、きちんと子どもが食べられそうなものを出してくれている。

温めた何種類かのパンにコーンのポタージュ、サラダ、オムレツ、ソーセージには蒸かした芋とマスタードを添えて。

「お食べなさいな」

あんなにも食事を求めていたのに、いざ皿やカトラリーが目の前に並べられると、ノエルは目をきらきらさせながらも硬直してしまった。

「……えっと」

ノエルは視線を四方にさまよわせている。彼女のまわりを囲んでいる使用人の視線が気になるのか、あるいはマナーが分からないことを彼女なりに気にしているのか……。

「ねえ、ノエル。どうしてあなたはうちにきたの？」

会話を始めながらさりげなくスプーンを手に取ると、ノエルは鏡映しのように私の真似をした。

スープを飲むと、ノエルも同じ仕草をする。私がスプーンを置くと、ノエルも置いて、物欲しげな顔で私を見つめる。

どうやら彼女は私の真似をすれば間違いがなくて、怒られないと理解しているらしい。

年の割に賢いのが、ますますカシウスの子に違いないと私に確信させる。

「ごはんとおやつほしいから。ノエル、エメレットのにんげんからごはんもらっておおきくなる」

「……誰が、それをあなたに教えたの？」

「ははうえ」

全員の視線がノエルに集中する。少しだけ、核心に近付いた。

「あなたの母上というのは、どこに居るの？　何村の、なんという人？」

ここエメレット領は山脈の裾野にあり、人口はさほど多くない。名前か出身。そのどちらかでも分かれば……。

「エメレットのユリーシャ」

食堂にため息が広がった。ユリーシャというのは建国の際に国王と契約したと言われる大精霊の名前だけれど、それにあやかった名前の女性は星の数ほどいる。特定にいたるまでに時間はかかりそうだ。

「お母様は、今どこにいらっしゃるの？」

「ここのした。ずーーーっとまえから。もうでてこない」

ノエルは静かに床を指した。地面。つまり、土の下……大精霊と同じ名を持つ彼女の母は、すでに帰らぬ人ということだ。

カシウスの寵愛を受け、子どもを産み、健やかに育てたけれど……病に倒れ、帰らぬ人となったのだろうか。

普段はこういうことを考えると胃がむかむかして白湯以外はなにも受け付けなくなるのだけれど、なぜだか、とてもお腹が空いてきた。

皿に盛られたソーセージを切り分けると、ノエルも同じ動きをした。

「だから、いま、ノエルひとり。ひとりでもないけど、ノエルのことわかるにんげん、あそこにはいない。だからノエル、このうちのこになる。いっぱいたべて、いっぱいしゃべって、ノエルおおきくなる。おおきくなってノエルがエメレットまもる。そしたらみんなよろこぶ。それがノエルのうまれたいみ、やくそく」

「何のこっちゃ」

ノエルの熱がこもった語りにレイナルトが思わず呟くと、ノエルはぴたりと動きを止めた。

……室内に沈黙が訪れる。

「……話の腰を折って申し訳ありません。続けてくださいますか」

ノエルは気にした様子もなく、にっこりと笑った。

「ぜんぶいわなくても、もうアリエノールにはわかったとおもう」

「分かったんですか？」

そう尋ねてくるエレノアの顔には『まったくわかりません』と書いてあるような気さえする。

「……ええ、わかったわ。つまり……ノエルがこのうちの子になれば、立派になって皆に恩返しをしてくれるのよね？」

「そう。ノエルしあわせ、アリエノールしあわせ、そしたらカシウスもしあわせ」

「幸せ、ね……」

残りがいつまであるかわからない余生を、夫が外でつくった隠し子を育てるために使う。

……人はそれを、屈辱と呼ぶだろう。

気にしていないと言えば、嘘になる。嘘にはなるけれど、彼女に罪はない。

深呼吸をしてまっすぐに前を見つめると、私がずっと欲しかった、無条件の信頼を向ける緑の瞳がそこにある。

「……わかったわ。ノエル、あなたをエメレット家の子として認めます。……いっしょに、幸せになりましょうね」

「わーい！」

そうなんとか絞り出すと、ノエルは椅子から下りて私に抱きついてきた。とまどいながらも抱きしめ返したノエルからは、深い深い、エメレットの森の香りがした。

三章　隠し子のことは、旦那様には内緒です

「アリー様、正気ですか！」

レイナルトが退室した私の後ろをついてきた。彼は背が高いからいつも私に歩幅を合わせてちょこちょこ歩いていたのに、今は足早に私を追いかけている。つまり、私が普段よりもずっと速く歩いているのだ、驚くべきことに。

力がみなぎっているような気さえするのは、夫の不貞疑惑に対する怒りによるものだろうか？なんだか違う気もする。……先ほど食べたソーセージのせいかしら。

「正気よ」

「本当に、あの得体の知れない子どもを、このエメレット伯爵家の、アリー様の養子として受け入れると⁉」

同じく追いかけてきたエレノアが悲鳴のような声をあげた。

「そうですよ、エレノアの言うとおりです。アリー様、そこまでご自身を卑下なさらないでください。確かにあの子どもを屋敷に迎え入れたのは俺たちですが、使用人一同、奥様を大事に思っています。庶子と奥様でしたら俺たちは奥様を取ります。やけになるのはお止めください」

エレノアとレイナルトは私の左右にぴったりとくっついて、すばらしい協調性を見せている。き

っと良い夫婦になるだろう。

「あの子が誰の子なのか、はっきりしているでしょう？　なら養育義務があるわ」

「それは、その……でも、旦那様が、あの堅物の偏屈が、隠し子をつくるような度胸があるわけないとまだ納得できなくて……それに、あいつは……」

「じゃあ、誰の子どもなのよ？」

きっと睨み付けると、レイナルトは前髪をぐしゃぐしゃとかきむしった。

「それは、その～～わかりません～～マジで俺にも何が何でこうなったのか～～」

今のは自分でも意地悪だったと思うけれど、私にも余裕があるわけではない。決して、機嫌がいいとは言いがたいのだ。

ただ、どうしてこんなにも周囲の反対を押し切って『ノエル』を受け入れようとしているのか、自分で自分の感情を説明することができない。

「アリー様、子ども子どもと簡単に言いますが、子どもがどのようにして出来るかそもそもご存じなのですか？」

唸り声以外に発声が出来なくなったレイナルトのかわりにエレノアが発言した。

「し、知っているわよ、そのくらい。縁がなくても、知識はあるの」

「では、どうして怒ってくださらないのですか。アリー様を蔑ろにするなんて、偏屈で頑固な根暗男でも、アリー様を尊重する気持ちだけは一緒だと思っていたのに……私に、アリー様がこのような扱いをされるのを黙っていろと言うのですか……！」

エレノアはレイナルトの胸元からハンカチーフをむしり取って、鼻をかんだ。

「だって……仕方がないじゃない？　私はカシウスを責めるつもりはないの」

カシウスがこの土地を出ていったのは五年前。彼の性格上、女性をそのまま放り出すことは考えにくい。もしかすると、相手の女性は身を引いたのかもしれない。だからカシウスがその事実を知り得なかったというのは十分にあり得る。恋人が身ごもったのを知らなかったか、あるいは本妻の怒りを買うことを恐れて自ら身を隠したのか。

ひとつ確かなことは。彼女――ノエルと、カシウスは他人ではないだろう。放り出すことはできない。

私だって貴族の妻だ、ある程度の覚悟はしている。――多分。

「私には子どもが望めないのだし、カシウスがそんな軽はずみなことをするはずないって信じているわ。きっと彼は、本気なのよ」

私と彼の結婚には愛はなかった。お互いに、大人たちの世界に必要とされるために必死だった。私は爵位の相続と王家へのパイプを彼に与え、かわりに役割と穏やかな暮らしを得た。私はそれで一生を全う出来るけれど、カシウスはそうもいかないだろう。

彼にはエメレットの土地と家を守り、次世代に引き継いでいく義務があるのだ。一度疫病によって滅びかけた家だ、備えは早ければ早いほどいい。

「だって、私は妻としての責務を果たせていないから。仕方の無いことよ」

「そんなことは！」

「いいの。ずっと前から……結婚式の日から、彼には言ってあるの。私のことはお気になさらずと」

ぎゅっとこぶしを握る。

「彼はこの家を大切に思っているわ。私もそう。跡取りが、エメレットには必要なの」

「奥様……」

「アリー様……」

「子どもには罪がないわ。あの子を私の養女として育てます。そうすれば、エメレット家は栄えるでしょう。……それに、私がいなくなったあと、あんなに可愛い子がいれば屋敷も明るくなるわ」

口からはいつか来たときの為にと考えておいた「理解のある妻」の台詞がすらすらと流れ出てくる。けれど、実際には私は少し、揺らいでいると思う。

――多分きっと、カシウスは私が消えてから数年は待ってくれる人だと、確信していたから。その気持ちがノエルの登場でがらがらと崩れ去って、今、正常な判断ができなくなっている。

「アリー様、お労しや……」

エレノアはぽろぽろと、琥珀色の瞳から涙をこぼした。

「子どもを持てる。それも、あんなに可愛くて利発そうで、夫そっくりの子よ。喜びはすれ、怒るようなことじゃないわ」

言い聞かせるような言葉は、自分のためであるように思える。

レイナルトは大きくため息をついた。

「わ、わかりました。奥様の仰せのままに、これから件の子ども、ノエルをエメレット伯爵令嬢として扱うことにいたしましょう。それでは、急ぎ旦那様に連絡を……」

「待って。その件に関しては、もう少し時間を置きたいの」

心の底から気が重そうなレイナルトを引き留める。

「へっ？」

振り回されてとにかく可哀想な彼だけれど、もう少し、この騒ぎに関わってもらう。

「皆、カシウスには驚かされたのだもの、少しぐらいやり返したって構わないでしょう？」

本当に、心臓が口から飛び出そうなほどにびっくりしたのだ。意趣返しとして、彼にも驚いてもらわないと。

「秘密にしておくの、カシウスが帰ってくるまで」

「ええ……」

レイナルトの顔色がどんどん悪くなってきたけれど、これは引けない。

「カシウスが戻ってくるまでに、ノエルを一人前の令嬢にする」

それが私の使命なのだと強く信じているようなそぶりで、口元に指をあてる。私が夫の知らない一面に驚いたように、彼にも私の知らない一面に驚いてもらう。

そのくらいしたって、天罰はあたらないだろう。

「了解しました。この件に関しては屋敷の者に箝口令を敷きましょう。もちろん、私の実家にも話は漏らしません」

レイナルトが横目でエレノアに『マジかよ』と言いたげな視線を送ったのが、私からはとてもよく見えた。

「レイナルト、返事をしろ」

「はい。……では、これよりノエルお嬢様を、当家の令嬢として受け入れることにいたします」

レイナルトは不承不承、頷いた。


「アリー様……本当に、大丈夫ですか？」

メイドのラナが不安そうに尋ねてきた。

「怖がることは何もないわ。今日からあの子は……ノエルは、私の子なのだから」

「私、ドアの前で不寝の番をしていてもいいですか？」

「ありがたいことだけれど、そんなに元気なんだったら、お姉さんの手伝いをしてあげた方がいいわ」

ラナにはマルティーヌという名前の姉がいて、彼女もうちのメイドだ……今は育児のために休業中。二月前に、なんと双子を産んだのだ。マルティーヌは上にも二歳の子がいて、夫もうちの使用人なのだけれど、大人が三人いても赤ん坊の世話というのは想像を絶するものらしく、手伝っているラナも寝不足のようで、たまにこっそりとあくびをしている。

「でも、アリー様と、ノエル……様が、今日から一緒に寝るだなんて」

午後、私は領地関係の仕事があったのでノエルとは別に過ごした。そうして今、少し早めの就寝のために寝室でノエルの到着を待っている。

「仕方がないじゃない、子ども部屋がないんだもの。知らない家で、客間で一人では可哀想だわ」

私の寝室、そして寝台はとても広い。それもそのはず、夫婦のためにあつらえたものだから。もちろん、カシウスがこの部屋で眠りについたことはただの一晩だってない。……それは、まあ、別に仕方なくはあるけれど。

「昨日、全然寝なかったって他のメイドが言っていました。あの子……じゃなかった、ノエルお嬢様は、食欲おばけで体力おばけだって」

「まさしくエメレットを体現するような子ね。あやかりたいわ。……ところで、ノエルはまだかしら」

『アリー様の寝室に入る前に、私がこいつを丸洗いします』と言って、エレノアがノエルを大浴場まで引っ張っていって以来、音沙汰がない。

「先ほどエレノア様に話を聞いた限りだと、石鹸の泡が目に入ってもへっちゃらだそうですよ」

「……それって、事故？　それとも故意？」

「あの方がノエル様に何かするとしたら、正々堂々真正面からやると思います」

「それもそうね……」

「おんせんでしたぁ！」

突然、ノエルがばんっとノックもなしに入室してきた。

「ノエル。お部屋に入るときにはノックをしてね」

「わかった」

ノエルは開いたドアをばんばんと二回叩いてから、寝台に跳び乗った。彼女からは、蜂蜜で作った甘いせっけんの香りがする。

「いえのなかに、おんせんある！」

エメレット領には温泉があるが、湯治として有名な地域はここから少し距離がある。成分は多少違うけれど敷地内でも温泉が湧くので、それを屋敷の中に引いているのだ。

「ノエル、このへんにおんせんあるのしらなかった」

「熱くなかった？」

「なかった」

「泡はしみなかった？」

「なかった！」

「エレノアはどうしたの？」

「かみのけふくのおそいからおいてきた」

「あら」

「エレノア、ふくきるのもおそいから……」

半開きになったドアの向こうで、髪の毛が湿ったままのエレノアが魔獣のような顔をして、ノエルの後頭部をにらんでいた。ノエルは飄々としているけれど、どうやら二人の間では一悶着あったみたいだわ。……ぜひとも、その現場を見てみたいものだ。体調が良いときに、皆で温泉に入れたらいいのだけれど。

「エレノア、ラナ。ご苦労様。後は私に任せて。おやすみなさい」

「……お休みなさいませ」

二人はしばらくまごまごとしていたけれど、私がノエルと二人で過ごしたいというのが強がりではなくて本心だと理解してくれたのか、部屋を出ていった。

「さて、ノエル」

「はいっ」

寝台の上でノエルは元気よく返事をした。可愛い。とても覇気があって素敵だ。

「あなたはこれから、このエメレット伯爵家の令嬢として生きていくことになるわ」

「はいっ、のぞむところっ」

ノエルはまっすぐに私を見つめている。……白い寝具は清潔感があって素敵だけれど、もっと小さい子が好きそうな柄に替えてもらおうかしら。犬とか、星とか、お花とか。……ノエルはケーキ柄がいいかしら？

「先ほどのノックもそうだけれど、お父様にご挨拶する時までに、頑張って勉強しておかないとね」

「おとーさま？」

ノエルは首をかしげた。

「あなたのよ。エメレット伯爵。今はお仕事で遠く離れているけれど、今年の秋には戻ってくるわ」

「カシウスはノエルの「もと」じゃない。ノエルはカシウスからうまれたわけじゃない……」

小さいノエルには一緒に過ごしていない人が遺伝上の父親だというのは少し難しい話のようで、腕組みをしながらうんうんと唸っている。

「会えばすぐに分かるわ。あなたとカシウスがとても近い存在だってことがね」

「うん、それはそう。アリエノールはエメレットにちかくない」

ごもっともなことを言われて、自然と自分の唇を尖らせてしまったのを感じる。

「そうよ、私はエメレットの人間ではないもの」

「アリエノールはあっちからきた」

ノエルは王都の方角を指さした。その先には王都とエメレットをつなぐ街道がまっすぐ延びていて、街道沿いは宿場町としてそれなりに栄えている。……終点であるエメレットは国境である山を背に深い森で囲まれているから、あまり発展はしていないけれど。

「ええ、よく知っているわね」

「呪われたお姫さまが、いけにえになるためにエメレットにやってきた。精霊は、お姫さまなんていらないのにね」

私が病弱に生まれたのを、信心深い人達は王家がなにか精霊の怒りを買ってしまったのだと言った。

「よく、知っているわね」

「でも、カシウスは、お姫さまのことが好きだからね。だから精霊はね、お姫さまをエメレットにおいておくことにしたんだよ」

私に肩を寄せながら訳知り顔で語るノエルは、なぜだか急に大人びて見えた。

とっくに死んでいてもおかしくない私が十八になった――それは精霊が私を認めて、エメレットの人間として守ってやっているからだ。と信心深い人達は言う。私もそれを信じているからお供えをするし、たとえカシウスが帰ってこなくたって、私の居場所はここで、やることがあるのだと気を張っていられるのだ。

……まさか最後に、こんな大仕事が待っているとは想像もしていなかったけれど。

「好かれていたら、こんなふうになっていないわ」

少しだけふてくされると、ノエルはふっと笑った。

「アリエノールには、まだはやかったかな」

「もう、ノエル。お母様にそんな言い方はなしよ」

「おかーさま？」

「そう。私はあなたの養母。育ての母になるのだから、私をアリエノールじゃなくて、お母様と呼ぶの」

「アリエノールはノエルのははじゃない。ノエルはアリエノールからうまれてない」

「もう！」

口が達者な子だ。羽根枕にぼふっと顔を埋めると、控えめなノックの音がした。

「アリー様。飲み物をお持ちしました」

静かにカートを押して入ってきたのは給仕係のダニエラだ。

「ありがとう」

時々夜中に喉が渇いて目が覚めることがあるから、いつも枕元に何種類か水分を置いてもらっている。

「なに、なに!?　これなに!?」

ノエルはなにか素敵な物が貰えると思ったのか、ぴょんと寝台から飛び降りて、ダニエラにまとわりついた。

「アリー様のお飲みものですよ」

「ノエルのぶんは？」

「ノエル様はダメですよ。一人でお手洗いにいけないでしょう」

「へいきへいき」

「これはアリー様のお薬でもあるのですから。勝手に飲んではダメですよ」

ダニエラはわざと怖い顔を作ってから部屋を出ていった。……彼女にもまだ、ノエルを受け入れることに納得してもらえていないのかもしれない。

「けちー」

ダニエラを見送ったノエルは再び寝台によじ登って、私の膝の上にころっと転がった。

……うう、可愛い！　なんで、こんなに可愛いのかしら？

「ねえー、アリエノール。ダニエラがなにをもってきたのか、ノエルにおしえて」

教えてくれるだけでいいよ？　とノエルは大きな瞳で、私をじっと見つめる。

「こ、これはね。薬用酒よ」

「やくよーしゅ。やくよーしゅは、お酒」

ノエルは仰向けからくるんとうつ伏せになり、カートに向かって鼻をひくひくとさせた。

「うちにヤズレンという薬師がいてね、彼が造ってくれているの」

「ヤズレン、くさばなだいすきにんげん？」

「草大好き……そうね。よく知っているわね」

ヤズレンは薬師として、十年前に私の輿入れについてきたうちの一人だ。使用人たちは一人、また一人と王都に帰ってしまったけれど、母方がエメレットの出身で、薬師として勤め上げたのちに定年後の仕事として年老いた母を連れて私と共にエメレットにやってきたヤズレンはエメレットの水が体にあったようで、ただの一度も王都が恋しいということがなく、屋敷や農園、そして精霊の森を行き来して、今でも精力的に仕事を続け、薬草を煎じて領民に与えたり、薬用酒を造って私のもとへ届けてくれている。

「せっかくだから、今夜はちょっと飲んでみるわ」

普段はお酒を飲まない。エメレットの特産品は素晴らしい農産物、雪深いことによって得られる雪解け水、そしてそれらから造られたお酒だというのに、飲み過ぎると心臓がどきどきして、顔が真っ赤になってしまうのだ。

そのせいでエメレットの人は酒豪が多いのに、屋敷の中では酒盛りをしてはしゃいではいけないのだと、皆に妙な遠慮をさせてしまっている。

小さなボトルに入れられた、濃い緑の薬用酒をほんの少しだけグラスに注いで、水で薄める。それを舐めるようにして飲む。

「……苦いわ。やっぱりこれはお酒と言うよりお薬ね」

「ちょ、ちょっと、ちょっと。ノエルにも、ちょっとだけ」

「だめよ。子どもはお酒を飲んではいけないの」

「そうなの!?　なんで？」

ノエルは何故か、とんでもない衝撃を受けたようだった。

「体がちいちゃいからよ」

「えー。ノエル、まちがえた。もっとおおきくなっておけばよかった」

ノエルは不満そうに、枕に顔を埋めた。

「これは薬だからおいしくないわよ。ノエルが大きくなったら、好きなだけ飲めるわ」

「わかった。おおきくなる」

そしたらいいのと尋ねられて、なんだか楽しくなって笑ってしまった。

「ええ、そうね……」

お酒を体に入れたせいか体がポカポカして、すぐに眠くなってきてしまった。

まだノエルを寝かしつけていないのに、少しはしゃぎすぎたようだ。

「ああ、眠いわ……」

「アリエノールは、ねてていいよ」

そう言って私の頭を撫でたノエルは、大人のような口ぶりだった。


遠くからホーホーと梟の鳴き声が聞こえてきて目が覚めた。眩しくはないのでまだ夜中だろう。

うつらうつらしていると、布団の中で何かが動いた。

そうだ、ノエルだ。今日から私はノエルと一緒に寝るのだった。

「……ノエル？」

体を起こすと、月明かりの下でノエルの瞳が金色にらんらんと光っていた。手には小さなコップと、お酒の瓶……。

「だめよ、ノエル……」

それは子どもが飲んではいけないものだから……と手を伸ばすと、ノエルがふっと笑ったような気がした。

「これは夢だからだいじょうぶ」

その言葉がなんだかすっと腑に落ちた。たしかにこれは夢だ……と思う。この数日、本当によく夢を見る。

「ああ、でも。夢でもだめよ」

「だめだよ、アリエノール。ねないと、おとなになれないよ」

逆に眠りが浅いことをノエルに咎められてしまう。

「だって、私、よく眠れないの……」

「じゃあ、これあげる」

ノエルが差し出したグラスを手に取ると、ほんの少しだけお酒が入っていた。ノエルがこっそり飲んでいたのだろうか……子どもの体には悪いから、私が全部飲んでしまわないと……。

「いっしょにおさけのむとき、にんげんはなんていうんだっけ？」

「乾杯、よ」

「わかった。はい、かんぱーい」

お酒を口に含むと、より一層ふわふわとしてきた。

「いいこ、いいこ。アリエノールはいいこ。ねむりなさい、ねむりなさい」

ノエルが私の頭を撫でながら、この地方に伝わる子守歌を歌う。もっと聞いていたいのに、とても、眠い……。

四章　ノエルはお腹がすいています

「あら?」

鳥のさえずりで目が覚めた。外はまだ薄暗いけれど、開け放たれた窓からは人々の営みの音が聞こえている。

「ノエル?」

ノエルはどうやったのか、出窓に体を半分乗せ、身を乗り出しながら鳥の鳴き声を真似している。

……どうやら私が聞いていたのは、鳥ではなくて彼女の声だったらしい。

「アリエノール、おはよう」

一晩明けても、彼女は私を母と呼ぶつもりは毛頭なさそうだった。

「ええ、おはよう。早起きなのね」

「うん。ノエル、朝好きだから」

ノエルはしっかりと頷いた。なんだか一晩明けただけなのに、ノエルは随分と成長したように思える、大きさは全く変わっていないのに。

「おはようございます、アリー様。ノエルお嬢様も、一人で起きられたのですね」

メイドのラナが私を起こしにやってきた。まぶしい笑顔を作ってから、彼女は寝台横のカートに目をとめた。

「あら、昨晩は薬用酒を大分召されたのですね。ヤズレンさんもお喜びになるでしょう」

薬用酒の小瓶と、水差しが空っぽになっていた。……そんなに、飲むわけがないと思うのだけれど。

「ノエル、あなたダメだと言われたのに飲んでしまった？」

「んー？」

ノエルは口を閉じたまま、にまっとした。

「アリエノール、かんぱーい、って言ってたよ？」

「確かに……」

普段口にしない「乾杯」という言葉を確かに使った気がする。夜中に起きて、寝ぼけてすべて飲んでしまったのだろうか？　体調は悪くないし、ノエルが飲んでしまったわけでないなら、それでいいか……。

「朝ごはんっ、朝ごはんが終わったら昼ごはんっ、のあとはおやつっ」

ノエルが急かすように歌いながら、寝台を下りる。

「まずは朝の身支度をしないと、ご飯は食べられないわ」

「朝起きてっ、朝のしたくが終わったらごはんっ」

自作の歌を口ずさみながら、ノエルはラナが手を触れる前に寝巻きをすっぽりと脱いで、自分で服を着始めた。小さな手がボタンを留めていくのを、私はただじっと見守る。

服を着替えて、ノエルはすました様子で鏡台に座り、自分の髪の毛にブラシを当てはじめた。もたもたしている私とは大違いだ。

「服のきかたとか、髪の毛のとかし方とか、ノエルが教えてあげよっか？」

「まあ。じゃあ、お願いしようかしら」

鏡台の前に腰掛けて、ノエルに髪の毛を梳いてもらう。……たった一日で、令嬢としての資質が目覚めてしまったのか、随分とテキパキとしているものだ。

「アリエノールの髪の毛、あさつゆ色」

私の銀髪を、ノエルはそう表現した。

「朝露色、ね」

そういえば、カシウスにもそんなことを言われたような気がする……と思っていると、ノエルはもう十分だとばかりに私の髪を梳くのをやめて、椅子から飛び降りた。

「さあ、ごはんをたべるわよ」

……それ、私の真似なのかしら？

「ごは……けほっ」

意気揚々とドアを開けたノエルが突然、むせた。確かに、草が燃えているような臭いがする。

「けほっ」

「ノエル。大丈夫?」

「けほっ。だれかがなんかしてる」

「火事ではないわよね?」

「もえてはいない」

二人で手を繋ぎながら廊下を進んでいくと、エレノアが廊下の途中で草をいぶしていた。専用の器具を使っているので、火事の心配はないと思うけれど。

「何をしているの?」

エレノアはくるりと振り向いてから顔をしかめて、いつもの顔になった。

「おはようございます、アリー様。魔よけの儀式をしています。レイナルトに代わりにやってくれと頼まれたので」

魔よけの儀式というのはこのあたりの風習で、邪悪なものが嫌がる薬草と清めた塩を窓の下や扉の前などに置き、その場で燃やして煙を出すと、邪悪なものが嫌がって家の中に入ってこない……というものだ。反対に精霊が好むものを勝手口などに置いておくと精霊が来てくれるとも言われている。

「うちには、悪いものなんていないよ。なにもしなくてもだいじょうぶ」

ノエルの発言にエレノアはものすごーく、嫌そうな顔をした。良くも悪くも、思っていることが顔に出る人なのだ。

「それはな、レイナルトに言ってやってくれ」

エレノアはそそくさと離れていき、薬草の香りが漂う廊下を二人で歩く。

「エレノア、ノエルのことぎらい」

「……そ、そんなことはないと思うわ」

「うそ、よくない」

……否定したいのはやまやまだけれど、あの態度では、ノエルがそう思うのも無理はない。

「本当はとってもいい人よ。もう少し、時間が経てば」

「ノエルなにもわるいことしてないよ？」

「……うーん、そうねえ。ノエルは何も悪くないのよ」

私って、皆が何でもやってくれるから人と人の間に立って交渉するとか、そういったことが苦手なのだということが今初めて実感を持って理解出来た。

なんだかんだ、お姫様気質がまだ抜けていないってことね……。

「あとは、にんげん、どんなのいる？」

「使用人？　そうねえ……」

エメレット伯爵家は歴史ある名家だけれど、疫病のせいで働き盛りの世代がごっそりいなくなってしまい、残った人達で屋敷を回している。執事長のレイナルト……カシウスの幼なじみで、先代執事長の孫。私の侍女兼護衛で、そのほか何でも屋のエレノア……薬師のヤズレン、料理長のボグズ、酒蔵番のダイン、給仕係のダニエラ、メイドのラナ……。

「ノエルが顔を合わせるのは、あと七人か八人ってところかしら?」

「ふーん」

ノエルは口にしなかったけれど、表情からは「少ないなあ」と思っているのがありありと見て取れた。

「別に、うちが貧乏だから人が少ないわけじゃないのよ。昔、悪い病気が流行ってね……それで、皆の家族も亡くなってしまったの」

「ごめんね」

「ノエルが謝ることじゃないわ。このあたりの人は、皆同じ悲しみを抱えているの。だから少し時間はかかるかもしれないけれど、あなたのことを必ず受け入れてくれるわ。だって、子どもはエメレットの宝物だもの」

「……うん」

「さあ、食堂についたわよ」

「ここ、昨日のごはんのとこ!」

ノエルが小さな手でドアをノックした。……その仕草が、とてもかわいい。

「おはようございます、アリー様」

食堂ではいつものように執事服を着たレイナルトがピシッと朝の挨拶をした。でも様になっているのは形だけで、頬はやつれて目の下のクマはとれていないし、心なしか肌はかさかさとしている。

「元気がないわ」

真面目な彼がいろいろなことの板挟みになって、眠れない夜を過ごしていることは容易に想像できる。

「朝食の面倒まで見てもらわなくて大丈夫。少し休んだら？」

「いいえ、大丈夫です」

レイナルトはゆっくりと首を横に振った。

「朝食は、自分が給仕係を務めます」

レイナルトはノエルを見つめている。ノエルもまた、まっすぐにレイナルトを見つめ返したけれど、その視線に気圧されたのか、レイナルトが先に逸らした。

「……この二日間、ずっと考えていました」

彼の言葉を、黙って待つ。

「アリー様。あなたの寛大なお心にはエメレットの人間として、感謝してもしきれません。けれど……」

レイナルトは苦しげに言葉を切った。

「ノエルのことが認められないと？」

「いいえ……認知はすべきと思います。しかし、やはり奥様からは離して、庶子として養育すべきではないかと多数のものが声をあげております」

エメレットの中では私が最高権力者ということになっている。けれどそれは制度上の話で、突然降ってわいたノエルを跡取りとしては認められないと、殆どの人が思っているということらしい。

「領主夫人として従いなさいと言っても、無駄ということね」

レイナルトは顔をくしゃりとさせた。

「領民あっての領主。……ご安心ください、その子が王家の血を引く奥様と、正統なるエメレット伯爵の子として十分な素質を備えていなくとも、きちんと養育はいたします。しかし、跡取りとなれば話は別です。将来、周囲を納得させるだけのものがなくては……」

そうなった時に妾の子だ、下賤な血だと肩身の狭い思いをするのはノエルなのだ。もし、カシウスのようにできないのなら——令嬢ではなく、ひそかに養育された方がいいだろうと、レイナルトは言うのだ。

「彼女に王都で通用するような教育を与えることが出来るのは、私がいる間だけだとしても？」

「……っ」

年若くして王家を離れたけれど教育は十分に受けているし、私が命の限り、いえ、ただの思い出になったところで、遺言としてこの子を守る——。

「わかったよ」

そう口にしかけたところで、先に言葉を発したのはノエルだ。

「ノエルが、エメレットにふさわしければいいんだね？」

レイナルトをまっすぐ見上げる横顔には、不安の影は一切ない。

「もちろん。君がカシウスの子だと俺を納得させてくれるなら、俺は全面的にアリー様の側に立ち、屋敷の反対派全員を説得する」

「エメレットに、ちかって？」

ノエルの口元が、不敵な笑みを作った。

「……もちろん。先祖代々の名にかけて」

「よしきた！」

ノエルはレイナルトの横をすりぬけて椅子に座り、綺麗にセットされていたナプキンを開いて膝の上に乗せた。

「……それで、お嬢様にふさわしいか見極めるために何をするのか知らないけれど、先にノエルに朝食を食べさせてあげて」

二人で勝手に盛り上がっているけれど、小さな体には食事が先決だ。それにその時間を使ってノエルにアドバイスができるかもしれない。私だって元は王女。言うなれば、この国でもっともお嬢様に近い人間ではあるのだから。

「大丈夫です」

レイナルトはかしこまった顔で手を叩いた。

「見極めは、お食事ですから」

ダニエラがするどい顔つきでカートを運んできて、その後ろに箱をかかえた料理長のボグズがのっしのっしと付いてきた。なるほど、これが保守派の面々ね……。

「ノエルがおじょーさまになるために、ごはんを食べればいいの？」

「エメレットは王国の食料庫と呼ばれる国内有数の農業地帯。そのエメレットのご令嬢が偏食、ないしは食が細くて不健康では困ります。まずは好き嫌いなく健康なところを見せていただきたい」

……耳が痛い私とは打って変わって、なあんだ簡単だねと、ノエルは少し拍子抜けしたようだ。

「それだけ？」

「それだけです」

ますます話がわからない。準備されているのだから、最初からレイナルトはこの勝負を仕掛けるつもりだったはず。ノエルが食欲旺盛なのは誰が見ても一目瞭然で、仮にレイナルトが簡単にパスできるような試験を課すとしても、他の人が納得しないはず。

……もしかして簡単な試験に見せかけて、子ども一人では到底食べきれない量を出すつもり⁉

「ご安心ください、無理な量は出しません。どうしてもと言うならば……アリー様も手伝っていただいて結構です」

……私なんていてもいなくても戦力外ということね。今日はとても体調がいい。やってやろうじゃないの……！

「大丈夫よ、私はノエルの味方。心配しなくていいわ。皆に認めさせてみせるから」

「ノエル、全部食べられるよ⁇」

アリエノールに手伝ってもらわなくても大丈夫だけどと、ノエルはすました顔だ。

「でも……」

「手助け、むよう。アリエノールは、しゃべらないで」

「しゃ……」

きっぱりと言われてしまって、内心少し……いや、かなりショックだ。ノエルにまで私が伯爵夫人として頼りないのを見透かされている……。

「ではスープから。カリフラワーのポタージュです」

エメレットは色々な野菜の産地だけれど、子どもの嫌いな野菜というものはだいたい決まっていて、カリフラワーはその独特な風味から嫌いな子が多いと聞く。

「ノエル、カリフラワーとってもだいすき」

小さなスープカップに入ったポタージュをノエルはなんのためらいもなく飲み干して、物欲しそうに私を見た。私の前には同じものがある。飲みたいのならあげたいところだけれど、完食が条件になっているのだから、譲ってあげることはできない。

否と首を振ると、ノエルは悲痛な顔をした。……早く、次のメニューを用意してあげてほしい。

「次はタコのマリネです」

「たこ……？」

とんと出されたガラスの皿を、ノエルはしげしげと眺めた。

「タコって言うのは、海の生き物よ。やわらかいの」

「主にエメレットの食材を」と言いつつ、まったく関係ない食材が出てくるのはいかがなものかしら。

海産物は好き嫌いが激しい。軟体のタコは邪悪なものの使いだと敬遠する人が多くて、私も食べたことがない。どこからこんなものを……と思ったけれど、海沿いの領地を持つルベルが気を利かせて凍った状態ではるばる送ってきてくれているのだったわ。密かにボグズによってタコ料理が開発されていたなんて……。

子どもの嫌いなものどころか、大人でも不得手な物を出してくるなんて、卑怯だわ！

「カシウス・ディ・エメレットなら。未知の物を出されたとしても、表向きは平気な顔で平らげるはず」

レイナルトを睨むと、平然とそんなことを言ってきた……確かに、カシウスならそうかもしれない。

「へぇ。はじめてみた」

ノエルはぷすっとフォークに刺したタコをじっくりと観察している。

「ぬるぬる、つぶつぶ、ぷにぷにしてる」

「元は、こんなのだぞ……」

ボグズが氷の中に入っているタコをぬるっと持ち上げて、ノエルの眼前につきつけた。

「ちょっと、それは……」

小さな子に対して意地悪でしょうと注意をしようとしたが、ノエルは興味津々でタコをまじまじと見つめている。

「へぇー。でも、色がちがうよ？」

「……茹でると、色が変わる」

「おもしろいねー。森にいない」

「ノエル、もし無理なら……」

ノエルは特にためらいもせずに、マリネをぽいっと口に入れた。

もぐもぐもぐ、とかわいらしい音が聞こえてくるようだ。

「おいしーい。ぐにぐにかむと味がする。ちょっとすっぱくておいしい」

躊躇っていたのは私だけで、ノエルは初めての食材でもまったく臆さないらしい。

「……ふん、当然だ」

「白い服のにんげん、とってもお料理じょうず」

「……ボグズ、だ。料理長のヤン・ボグズ……」

ボグズがノエルの笑顔に気圧されている間に、ノエルは付け合わせのパセリまで食べてしまった。

「はい、ほかには何を食べれる?」

コップに注がれた牛乳をぐいっと飲み干して、ノエルはぺろりと舌なめずりをした。……ダニエラの顔色からするとタコが本命で、後は大したものが用意されていないらしい。

後はただ、ノエルの食事を見守るだけの集団になった。

「キャベツの酸っぱい漬けも、やわらかいグリーンピースも、シャキシャキセロリとにんじんのサラダも全部おいしーい」

エメレット産の野菜をふんだんに使った前菜の盛り合わせも、ノエルにとってはとても素晴らしい朝食でしかないらしい。

「……」

レイナルトはノエルを真剣な瞳で見つめている。もちろん彼は最初からノエルに敵意を抱いている訳ではなく、その一挙一動から情報を探りだそうとしているのだろうけれど。

「……うまいか？」

何時の間にか、ボグズのノエルに対する態度が軟化しはじめていた。

「うん！　このねっちり、むちむちのお肉、おいしい。食べたことない味がする。この下のあまいのと、パンといっしょに食べるとおいしい」

ノエルがフォークで食べているのはレバーのパテで、下にはベリーのジャムが添えられている。レバーは癖があるので嫌いな子どもは多いというけれど……。

「ダニエラ、パンちょーだい」

「はい。レーズンのパンはいかがでしょう」

ダニエラはノエルがタコを食べたあたりで戦意を喪失したらしく、黙ってノエルに求められるがままにパンを渡している。

「あまいパン、ノエルだいすき！」

……ノエルの食事と一緒に、私の前にもスープとサラダ、そしてパンが置かれていて、私もノエルを観察しながら、ちまちまと食べ進めている。……普段なら半分ぐらいでお腹がいっぱいになってしまうのだけれど、ノエルの食べっぷりを見ていると、食が進むから不思議だ。

「はぁ。もうなくなっちゃった」

ノエルは空っぽの皿を見つめてうつむき、唇をとがらせた。ダニエラはパンの籠をひっくり返して見せた。中は空だ。

「もうないの？　ノエル、まだまだ食べられる」

ノエルは先ほどのレイナルトの真似なのか、顔の横で手をぱんと叩いた。

「これで最後です。鳥の手羽先のパリパリ焼き、朝採れヤングコーンとブロッコリー、茸のソテーを添えて」

「わあ。またお肉だ。ノエルね、お肉はとってもおいしいと思う……」

ノエルはまるで恋する乙女のように、両手を合わせてうっとりと鳥の手羽先を見つめた。

手羽先は骨があるからとか、ブツブツの皮が苦手だとか、苦手な人が多いと聞く。……私も味は嫌いではないけれど、鶏皮は脂っぽくて胃がもたれるから食べられない。……ノエルの目の輝きを見るに、まったく何の問題もないとは思うけれど。

「むう。でもこれ、どうやって食べればいいのかな」

「手でどうぞ」

ナイフとフォークで食べないと不合格です、なんて意地悪まではされないようだ。

「いただきます！」

レイナルトの言葉に安心したのか、ノエルは元気よく手羽先を持ち上げて、思いっきりかぶり付いた。

ばり、ぼり、ばりばりばり。

「……!?」

その場にいた全員が、ノエルの小さな顎が鳥の骨をものともせず噛み砕いていくのを、しばし呆然と眺めていた。

「は、吐き出せ！　そこは食い物じゃない！」

「にゃぁー！」

慌てて手羽先を取り上げようとしたレイナルトの手を振り払いながら、ノエルは謎の叫びをあげた。……多分、嫌だと言ったのだと思う。

「ぜんぶ食べて、ノエルはうちのこになってたくさんおいしいもの食べるのっ！」

レイナルトはノエルの言葉を聞いて、がっくりと膝をついた。

「俺は……こんな小さな子に、なんてひどいことを……そんな、骨まで全部食べないといけないと思い詰めるほどに……自分が板挟みになるのが嫌だからって、俺は……！」

レイナルトが床でむせび泣くのを無視して、ノエルは骨をばりぼりとかじり、ごくりと飲み込んだ。

「ランドール高原どりごちそうさまでした。しあげにコーンとブロッコリーときのこ」

ノエルはテーブルに出されたもの、全てを難なく平らげてしまった。……ついでに、私も自分の分を完食してしまった。胃もたれしないといいんだけれど……。

「はぁ。ぜんぶ食べちゃった。次は？」

ノエルがドアの前で硬直していたダニエラをじっと見つめると、ダニエラはふるふると首をふった。

「はぁ。けち。ねえ、レイナルト。はやく次のをもってきて。ノエルはお腹がすいている」

肩をぽんと叩かれて、レイナルトは泣きぬれた顔をあげた。

「え……」

「はやく、ぜんぶもってきて」

ノエルの表情は真剣そのものだ。

「全部と言っても、あとはパンの残りとか……」

「まだ、食べたい」

ノエルの緑の瞳には強い光が宿っている。……有無を言わさぬ眼光は、まるでカシウスだ。

「朝は、終いだ……昼は何でも、好きな料理を作ってやる」

「ごはん、ボグズがぜんぶ作ってるの？」

ノエルは次の食事が保証されて安心したのか、可愛らしく小首をかしげた。

「……大体、な」

「タコいがいは、食べたことあるのばっかりだった……でも、いっぱい合わさると、なんばいもおいしい。こんなにおいしいものがいっぱいあって、ノエルはしあわせ！」

「……っ！」

ノエルが笑いかけると、ボグズは胸のあたりを押さえた。

「ノエル、ボグズの作ったごはんだいすき！　はやく食べたい！」

「う、ぐ……っ」

追い打ちをかけられて、ボグズも床にうずくまった。

「俺の、負けだ……こんなに、こんなに美味しそうに食べてくれる子に、俺は強く当たっちまって……」

最後の砦が陥落して、ノエルの完全勝利が確定した。


「申し訳、ありませんでした……」

「ふっ。口ほどにもないね」

三人から揃って謝罪をうけたからか、とりあえず空腹が満たされたからなのか、ノエルは歴戦の勇士のように肩をぐるぐると回して、高らかに勝利宣言をした。

「アリエノール、もうしゃべっていいよ」

ノエルがそう言うと、ふっと口元が軽くなった。……別に喋るなと強制されていた訳でもないのに、どうしてだろう。

「私、ノエルを守ってあげようと思ったのに、何もできなくて……ごめんなさいね」

結局、この子一人で全てを解決してしまった。これも全て私の弱さが招いたこと。……私も、強くならなくちゃ。……まずはこの状況で発言するところからだわ。私の威厳がないからこんなことになってしまったのに、ノエルに全て任せきりになってしまって……。

「アリエノール、ありがとう」

「何もしていないわ」

ノエルに突然お礼を言われて困惑してしまう。だって本当に、何もしていないのだから。

「ノエルをノエルにして、うちのこにしてくれた。それがいちばん難しくて、大事なこと。アリエノールと一緒にいるとノエルは強くなるから、これはふたりの勝ち」

ノエルが手の平を高く掲げて私に向けてきたので、手の平を合わせてみた。これはきっと、勝利のポーズ。

「……では、改めまして。これより、ノエルお嬢様を、当家の令嬢として受け入れることにいたします」

制服の襟をピンと伸ばして、レイナルトが宣言した。

「さいしょからすなおに従えばよかったのに、無駄なことしたね」

「う……」

完全勝利宣言をして強気なノエルに、レイナルトはたじたじだ。

「まあ、ノエルは気にしてないからね」

「はあ……ありがとうございます」

ノエルを跡取りとして受け入れることに反対していた面々も、この教養の高さや健康ぶりを見れば後継者にふさわしいと理解するだろう。後は社交界に出るまで、ここエメレットできっちりと令嬢教育を詰め込む。そうすれば、彼女の未来は明るいはずだ。

「じゃあ、よろしくね。くれぐれも、カシウスには内緒」

カシウスが隠し子であるノエルの存在が公になったことについてどう思うのか、まったく想像がつかない。でも、ノエルはここにいる。それが事実だ。私達の中のカシウス像と、目の前にある現実に差異があったとしても、ノエルの存在が真実なのだから。

「……はあ～……その、本当にですか？」

しゃきっとしたはずのレイナルトは、カシウスの名前を聞いてふたたびへにょんとなった。

「ええ。一切合切、全てが内緒よ」

「ちょっとだけ、概要を報告するのもダメですか？」

「だめよ。レイナルトったら、さっき約束したじゃない」

「それと……これとは、また別の問題だと思いません？」

「思わないわ」

「レイナルト、諦めろ。勝負を挑んだくせに、ひるんだお前の負けだ」

屋敷中に薬草を配置するのが終わったらしく、エレノアが食堂にやってきた。

「ああ、エレノア、ありがとう。この後一緒に説明して回るのを手伝ってくれないか？」

「断る。私は負けてないからな。ではアリー様、私は馬の様子を見に行きますので」

「うま？　って、あの足が四本あるやつ？」

「人間と鳥以外は大体足が四本だろ……」

レイナルトがあきれたような声をあげた。

「森には足が一本とか五本とか、いっぱいいるよ？」

「怖いこと言うなよ……具合悪くなってきた」

レイナルトは腕をさすりながら、とぼとぼとどこかへ行ってしまった。

「うま、あの草たべるやつ?」

レイナルトがいなくなってしまったので、ノエルはエレノアに向き直る。

「そうだ」

エレノアは威厳たっぷりにうなづく。

「ノエル、うま見たい。食べれる?」

「食えないことはないが、食わせん。食うな」

「むぅ」

……屋敷で飼育しているのは移動用の馬だ。ノエルに牙はないから、いくら食欲旺盛と言っても、食べてしまうことはないだろうけれど……。

「じゃあ、ノエルはうまのかわりにいいかんじのものを探す」

ノエルはうーんと伸びをして、私から離れて歩き出した。

「私も……」

「申し訳ありませんが、アリー様はお仕事がありますので……」

「そうだったわね」

ノエルに付いていこうとしたところを迎えにやってきたラナに引き留められて、一気に現実に引き戻されてしまった。

五章　令嬢はパンケーキをご所望です

「はあ……」

背もたれによりかかって、半分ほど水の入ったグラスを傾ける。私はお飾りの妻ではあるけれど、領主夫人としての権限はある。エメレットは自然が豊かで財政も潤っているけれど、王都から遠く離れているので人手は潤沢とは言えない。遠く離れたカシウスからの指示を頼りに、迅速に対応しなければならないことは私の権限で決定する。

それがなかなか結構な量なのだ、私にとっては。

「けれど、今まではこれが唯一の趣味と言ってもよかったのよね」

仕事があり、夫人として皆に尊重されて、神殿まで短いお散歩をする。

今までやりがいを感じていたはずのことが、ノエルの前では霞んでしまう。全部の仕事をとりあえず後ろ倒しにして、ノエルと遊んで……。

「いけない、いけない」

ぶんぶんと首を振る。ただでさえ長時間仕事ができないからと皆に負担をかけているのだ。自分の責務はしっかりと果たさなくては。

書斎のドアが小さくノックをされ、返事をする前にドアが開いた。

「どなた？」

「どなたでしょう？」

問いかけなくても、本当は誰なのかもう分かっている。この屋敷でこんな楽しいことをするのは、今のところ一人しかいないのだから。

「お名前を言えない人は、入ってきてはダメよ？」

声をかけると、ドアの隙間からベーコンを練り込んだパンがひょこっとあわられた。

「わたしの名前は、ねじねじパンです！」

まるでパンが喋っているかのように、ノエルがパンを動かしている。

……か、可愛い……にもほどがある。

この屋敷には子どもが遊ぶようなおもちゃが殆どない。だからパンはノエルにとってぬいぐるみの代わりなのかもしれない。

「ねじねじパンは、お仕事のじゃまをしちゃう」

「あら。困ったわね。じゃあ、食べちゃおうかしら」

椅子から立ち上がると、ノエルがするりと部屋に入り込んできた。

「ちがうよ、ノエルだよ！」

「まあ、ノエル！　いらっしゃい」

「でも、ねじねじパンはあげる」

誰に用意してもらったのか、ノエルは小さな子ども用の鞄を肩にかけていた。その中に、素敵なものが沢山入っているらしい。

「でも、ノエルがもらったものでしょう？」

「ふたつあるから、大丈夫」

「ありがとう。でも、あんまりお腹がすいていないのよ」

「ふーん。じゃあ、もったいないからしまっとくね」

ノエルは鞄の中から白いナプキンを出してパンをくるみ、代わりに小さな黒革の手帳を取り出した。カシウスが出先で色々書き付けて、それを荷物やお土産と一緒に送ってくるのだ。大体は『どこどこで何を見た』や各地の名産品の話、エメレットでも転用できそうな技術の話……とりとめのない日記のような、メモのようなもの。それが書斎にまとめて置いてあって、書斎の鍵が開いている時間なら誰でも閲覧できるようにはなっていて、ボグズはその中にあるレシピを再現するのが得意なのだ。

「あのね、おひるに、ボグズがなんでも好きなものを作ってくれるっていうんだけど」

「あら。それは良かったわね」

「これにした」

ノエルが指し示した手帳のページには「会食で登場。半生のパンケーキ」と走り書きのメモと、雑な絵が描かれていた。多分、三段の分厚いパンケーキに、たっぷりのクリームがかかっている……のだと思う。

そういえば、ボグズが「半生だか生焼けだか、旦那様の書いてることがよく分かんねえんだよなー」とぼやいているのを聞いたことがあったような。

「アリエノールはおひるを食べないから、ノエルひとりでごはんたべてって言われたけど、かわいそうだから誘いにきた」

「かわいそう……」

食欲が湧かないので昼はあまり取らずに薬膳スープなどを飲んでいる。

「だから、ノエルのパンケーキ、わけてあげるね」

……朝食を食べて、昼に生クリームたっぷりのパンケーキだなんて、考えただけで胃がもたれてくるはずだけれど。

なんだかそのお誘いに、私はとてもワクワクしてしまったのだった。


必死で残った仕事を片付けて、私は無事にノエルとともに昼食の席に着くことができた。

テラスで紅茶を一口飲んで微笑むと、ノエルもにっこりと笑顔を返してくれる。

普通の考え方をすると、愛人の子どもが突然現れた場合は心身に不調をきたしてもおかしくはないのだが、ノエルが現れてから、すこぶる体調がよい。

きっと彼女を守ろうとする意思の力が私に活力を与えてくれるのだろう。

「アリエノールもパンケーキ、たのしみ？」

「ええ。でも、私はスープで大丈夫よ。ノエルが全部食べていいの」

「ごはん食べないとおおきくなれないよ？」

「分かってはいるけれどね……」

中々、一朝一夕では胃腸が丈夫にはならないのだ……と遠くを見ると、ダニエラがゆっくりと歩いてくる。パンケーキの用意ができたのだろう。

「お嬢様、お待たせいたしました」

ダニエラはうやうやしく掲げるようにして、白い皿を持っている。ノエルの目線からは、何がのっているのか分からないだろう。

「な、なに、なに⁉」

ノエルはお行儀良く椅子に腰掛けながら、短い首を頑張って伸ばそうとしている。とても可愛い。

「お姫様のぷるしゅわパンケーキです」

ダニエラがとんっと白いテーブルクロスの上に置いた「それ」は、まるで生き物のように、ふるふると揺れていた。

「わっ、これ、うごいてる⁉」

厚みのあるパンケーキが三段積み重なり、その全貌を覆い隠すように生クリームがかけられていて、その上には焦がしたキャラメル、粉砂糖、飾りのミントの葉。皿をぐるりと取り囲むようにベリーのソースで模様が描かれている。

「な、なにこれぇ……‼　はじめてみた……‼　こんなの、森にない！　エメレットにもない！」

大げさな。と言いたいところだけれど、実は私もこの食べ物を初めて見たのだった。

エメレットでは小麦の味を生かすためにしっかりと焼き上げたパンケーキが主流だけれど、今日出てきた物は淡い黄色をしていて、蒸気で蒸したものに近く見える。けれど、特筆すべきはノエルが言った通り、ぷるぷると動いていることだろう。

「はあああ……」

ノエルは湯気の立ったパンケーキをうっとりとした瞳で眺めている。

「すごい～……」

風が吹いて、バターと紅茶の香りが鼻腔をくすぐった。ノエルもそれを感じ取ったのか、ほぅ……とため息をついた。

「ノエルお嬢様。焼きたてのパンケーキにクリームをかけていますから、このままだとドロドロになってしまいます」

早く召しあがってくださいなと言われ、ノエルは慌ててフォークとナイフを手に取った。

「では、心していただく」

ノエルは難しい顔でパンケーキにナイフを入れた。想像以上に柔らかかったのか、ノエルはパンケーキが上手く切れないようだ。

「あう。に、にげた。やっぱり生きてる」

「大丈夫よ」

ノエルからフォークを受け取って、切り取ったパンケーキを小さな口に運んでやる。

口をぱっくりあけて私を待つノエルは、まるで小鳥のヒナのようだ。

「おいしいかしら？」

「……なんて言ったらいいのかわかんないぐらい、おいしい」

ノエルは目をつぶって、ゆっくりとパンケーキを味わっている。小さな口元がむずむずしていて、なんてかわいいのかしら。

「とろとろ、ふわふわ、あまあま……」

「ふふ。お嬢様のお気に召したようね」

そのまま、ノエルがパンケーキを食べていく様子を引き続き眺める。溶けたバターがパンケーキの表面を滑り落ちてしまって慌てるノエル、付け合わせの生クリームだけちょこっと舐めてみるノエル、苺と杏、どちらのジャムがいいか真剣に悩むノエル……。

「ああ……」

——かわゆすぎるっ!!!!

お行儀の悪いことだけれど、思わずテーブルに突っ伏してしまう。カシウスにそっくりなのに、どうしてこんなにも小さくて愛らしくて可愛らしいのか。存在が信じられない。奇跡だ。

国宝級のかわいさとは、まさしくこのことだと思う。

早く、カシウスと並べてみたい。性別は違うけれど、同じ生地で同じ意匠の服を仕立てて、三人でお揃いの服を着て、肖像画を描いてもらう。最近では写真という、魔力で風景を転写する技術もあるそうだ。そちらの方が、よりかわいさが伝わりやすいかもしれない。ああ、もうとにかくなんでもいいから……。

「アリエノール?」

「なっ、何かしら？」

食事も忘れて、私は妄想の海に飛び込んでいた。いけないいけない、私はあくまで継母。彼女のお手本となるように、立派な貴婦人でいなければいけないのに……。

「はい」

ノエルがパンケーキを一切れ、私に差し出してきた。あまりじろじろ見つめていたので、遠慮してしまったのかしら。

「もうお腹がいっぱいなの？」

「アリエノール、ごはんない。ノエルぜんぶたべたいけど、元気だからがまんする。アリエノール、栄養足りてない」

昼はお腹が空かないからスープしか飲まない。それが私にとっての普通で、わざわざ廃棄するのももったいないので、私の分のパンケーキは用意させていないのだ。けれど彼女はそれを食材が足りないのだと解釈したらしい。体のことを言うべきか、素直に親切を受け取るか……。

「ありがとう。いただくわ」

せっかくなので、優しさを受け取ることにした。

「はい。おいしいよ」

ノエルは小さな腕を精一杯のばして、フォークで私の口元にパンケーキを押し込もうとする。

「あーん」をされるなんて、物心ついてからは一度もないけれど……。

「あーん！」

「あ、あ、あーん……」

口にしてしまってから、別に言葉はいらないのだと気が付いた。ダニエラが私をにやにやしながら見つめている。恥ずかしい。

口の中に入れると、形を保っていたはずのパンケーキはふわりと泡雪のように溶けてしまった。目を閉じて味わって、目を開くとノエルがにこにことしている。これでは大人と子どもが逆だわ。

「おいしいでしょ！」

「そ、そうね……たしかに、これはなんて言ったらいいかわからないぐらいだわ……」

「はい、もうひとくち！」

「こんなにおいしいなんて、知らなかったわ」

料理長の腕を疑っていたわけではないし、屋敷には毎朝新鮮な食材が運ばれてくる。けれど、私は日々を生きることに精一杯で、食の喜びというものをあまり味わってこなかった。

それがどうだろう、ノエルが来てから世界が一気に色づいたみたいに、食欲が湧いてくるのだ。

「ね。エメレット味だね」

「エメレット味？」

「そう」

ノエルは満足げに頷いた。……素材の味が生かされているという意味だろうか。彼女の言葉は時々、不思議だ。

「このあと、なにして遊ぶ？」

すっかりパンケーキを平らげたノエルはハーブティーを飲むのをやめて、小首をかしげて私を見た。この誘惑に抗うのは難しい。遊ぶ……何をして遊ぼうか。花畑で花冠を作る？　それともお人形遊び？　お絵かきでもいいかしら……。

「ねー、遊ぼうよー」

ノエルはたっと立ち上がり、私の体を揺すった。今まで人に体を揺すられるときは倒れて『大丈夫ですかアリー様!!』となっていたのが殆どだ。壊れ物のように揺らさない、衝撃を与えない。そんなふうに扱われてきた私だけれど、ノエルはお構いなしに体を揺すったり、袖を引っ張ったり、顔を覗き込んだり……。

……普通にじゃれてもらえることが、こんなにも嬉しいなんて。

いいえ、ダメ。今日の私には仕事がある。カシウスが留守の間、領地の決裁を任されているのは私だ。自由時間はあと一時間しかない。

「午後はね、お勉強になると思うわ」

「おべんきょう……？」

ノエルは思いっきり眉をひそめた。ああ、そうするとカシウスに本当にそっくり。

「そんな顔をしないで。このエメレット伯爵家の娘になるのなら色々勉強しなくてはいけないわよ」

「たとえばどんな？」

「ええと……まずは読み書き、算術、礼儀作法、あとはダンスと楽器と体操と乗馬と……」

指折り数えていると、ノエルのしかめ面はますます悪化していく。

「にんげんって、めんどくさい」

「そうよ。生きるのって、面倒くさいの。でも、ノエルは元気だから平気よね？」

「ノエルはげんんき。頑張れる」

「ふふ。もう少し大きくなったら、魔力の測定もしなくてはね」

ノエルからは魔力の痕跡があまり掴めない。エレノアのように貴族の出でも魔力がないことは珍しくないのだが、それとはまた少し違う。全くないわけではないけれど、分厚いベールの奥に隠されてその本質が窺い知れない――そんな感じがするけれど、持病を持つ私が不用意に触れてよいものではない。

「まりょく……」

「ええ。でも、別に無くても平気よ、元気でさえいれば」

「ノエル、魔法なら使えるよ？」

ノエルはいきなり「ぽっ」と手の平に緑の球を出して、私に良く見えるように片手を上げた。

「あなた……魔法が使えるの!?」

思わず大きな声が出た。この年頃の子どもが視認できる形で魔力をまとめあげて、安定させるなんて芸当が出来るはずがないのだ。出来たとすれば……それこそ、天才としか言いようがない。

「うん」

ノエルからすると、私がどうしてそんなにも驚いているのかわからない――とでも言いたげだ。

「アリエノールもつかえるでしょ？」

「私はダメよ……」

魔力がいくらあったところで、私はそれを制御する術を知らないのだ。こんなに平気な顔をして魔力を操るノエルがほんの少しだけ、うらめしい。

……嫌だ、私ったら何を考えているのかしら、純粋な子ども相手に……。

「ノエルはすごいのね。ところで、これはどうやって使うのかしら？」

高濃度の魔力の塊だというのは見て取れるけれど、何に使うのかがいまいち判断がつかない。

「んー……。地面に戻すと、草がげんきになる」

「まあ」

植物活性魔法……だろうか？　それならばとても重宝される素敵な能力だ。まさしく王国の食料庫と呼ばれるエメレット伯爵家にふさわしい力。

「これでエメレットもっと立派になる。いまからがんばる」

「それはすごく素敵なことだけれどね、今はいいの」

「なんで？」

ノエルはさっぱり理屈がわからないとばかりに、首をかしげた。ちょっと分からないことがあると、すぐに首が傾いてしまうノエルはとても可愛い。

「子どもは魔法を使ってはいけないのよ。もっと大きくなって、体が魔力を制御できるようになったらお願いするわ」

私は持病の関係で、物心ついた時から魔力を制御する方法をみっちり叩き込まれたけれど、子どもが魔力の使い方を誤って起こす事故は絶えない。ある程度の分別が付くまでは、本格的な指導を行うことは禁止されている。

「ノエルはだいじょうぶだよ」

「あなたは皆の規範にならないといけない人ですからね。きちんと決まりを守らないと」

「はあい」

ノエルは若干不服そうに、ポケットに緑の球をしまい込んだ。彼女が感覚的にそれでいいと思っているのならかまわないのだけれど……ノエルにはいつも驚かされる。しかるべき時が来たら、存分にその才能を発揮してもらおう。

「魔法を使わなくても、エメレットには立派な畑があるのよ」

「あっち？」

「ええ、そうよ」

ノエルが指さした先には私のために特別に作られた小規模な農園と薬草園があり、ノエルも把握していたようだ。

「みにいく」

喋り終わるや否や、農園に向かって歩いてゆくノエルの後ろを付いていく。……私が先導すべきだったかしら。

「あ、ヤズレンだ」

ノエルが指さした先にはくすんだ緑のローブを着て、レイナルトと話し込んでいるヤズレンの姿があった。

「ええ。……どこで知り合ったの？」

「ヤズレン、いつも森のなかうろちょろしてる」

彼は薬師だから、精霊の森にしか生えていない薬草を求めて、森で採取作業をするうちの一人だ。

ノエルは先ほども森の話をしていた。エメレットでは森の端っこを縁取るように村が点在している。

彼女はそのあたりの出身なのだろうか……？

「食べ物たくさん、いいかんじ。森ほどじゃないけど」

農園の中に入ったノエルは目を閉じ、胸いっぱいに畑の空気を吸い込んだ。

「ね、素敵な所でしょう？」

「うん」

ノエルは興味深げに畝の間に足を踏み入れ、青々とした人参の葉をつついている。

「いかがでしょう、お嬢様」

話を終えたレイナルトが人参を一本引き抜いてノエルにうやうやしく差し出すと、彼女はまるで予算を承認する大臣のように厳かに頷いた。

「うむ、すばらしいにんじんである。大精霊もおよろこびになるであろう」

一体誰の真似なのか、ノエルが真面目な顔をして頷くので、思わず笑ってしまった。

「ノエルは人参が好きなのね」

「うん、人間のたべもの全部すき。にんじん食べていい？」

「ここでは食べられないわよ」

「泥を落とせば食べられますけどねえ」

さっと井戸水で洗った人参をノエルは小さな口でばりばりと食べはじめた。

「歯が健康。いいことだわ。なんでも食べるし。カシウスも好き嫌いがなかったものね」

「……そ、そうですね」

レイナルトはごほりと咳き込んだ。彼の体調が本当に心配だ。

「レイナルト、大丈夫？　疲れているなら久し振りに薬膳粥でも……」

「いえ、あれは結構で……」

「やくぜんがゆ、なんだかとっても、おいしそうななまえ」

「むしろ、何なら不味そうな名前なのか、教えていただきたいですね」

レイナルトが呆れたように言う。薬みたいで美味しくないと評判だった薬膳粥も、ノエルにかかればとても美味しそうな食べ物になってしまうのだ。

「ねー、やくぜんがゆって、なにー？」

「それはね……」

私はノエルに、昔話を聞かせることにした。

六章　アリエノールの昔話

「奥様、これも食べられませんか？」

「ええ……ごめんなさい」

大きくもない平たいお皿に、ちんまりと盛られた料理。味は美味しいと思うのに、環境の変化のせいか、結婚したばかりの頃はほとんど食事を摂ることが出来なかった。

「ボグズさんが王都風の料理を作ってみたそうなのですが……やはり、味が違いますか？」

ダニエラが悲しそうな顔で皿を下げる。

「い、いや、味は素晴らしいのだ。新鮮な素材の味が生きているから」

申し訳なさにぐっと喉を詰まらせてしまった私のかわりに、エレノアが返事をした。

「ええ、味はとても美味しいのよ……」

ほとんど食事を受け付けない私をわがままとか、もう生きる力がないとか、王都に帰りたいんだとか、そう思っている人は結構な数いたはずだ。

食べたくても食べられないだけなのに、そういうふうに思われていると感じるだけで、ますます体が受け付けなくなって、食事の時間が憂鬱になる。いっそ植物のように水と太陽だけで生きていけたらいいのに、なんて真剣に妄想していたぐらいだ。

「アリエノール。あなたが全く食事を摂らないので、奥様は何かの修行をされているのですかと質問が来ているのですが」

ある時、とうとうカシウスに嫌味を言われてしまった。

「……いえ」

「何か食べたいものがありますか？」

「特には……」

うつむいていても、カシウスが困っているのは手に取るように理解できた。

「明日は……一緒に食事をしませんか。……メニューを考えておきます」

夫にそう誘われたのは結婚して二週間経ってからのことで、当日は緊張で何も喉を通りそうになかった。

また用意された料理を廃棄しなければいけないのか……と憂鬱な気持ちで約束の場所へ向かうと、テーブルの上に置かれていたのは白い米をドロドロにしたお粥ひとつのみだった。中には緑や茶色の具材が細かく刻まれていて、かなり水っぽく、これなら喉を通りそうな気がした。

「ヤズレンに作らせました。彼は料理人ではないので、味には自信がないそうですが」

カシウスはスプーンを取って、なんでもないことのように話を続けた。

「最近気がついたのですが。エメレットの料理は味が濃くて脂っこい。肉体労働者が多いからでしようね」

だから私にエメレットの料理が合わなくて当然だとカシウスは言った。

「ここでは病人や体の弱いものが食べるような料理が発展していなかったから、あなたのような病弱な人がエメレットに嫁いできたことも、また、時代が変わるきっかけと言えるでしょう」

「……ありがとう」

栄養を摂ることを最重視したその粥は子どもの味覚にはあまり好ましいものではなかったと思う。けれどカシウスは平気な顔をしてぱくぱくと食べていたものだ。『効率良く栄養が取れる素晴らしい料理です』だなんて言いながら。

「美味しいですか」

「美味しくは……ないわ。でも……」

「でも？」

「食べられます」

「そうですか。それなら、良かった」

カシウスが少しでも笑うのを見たのは、きっとあれが最初だったと思う。

それ以来私がお粥しか食べられない時は、いつもカシウスも同じ物を食べていたものだ。


「ふーん。鳥のごはんみたいなものかぁ」

私の昔話を、ノエルはなんてことのないように聞いていた。

「皆はあんまり美味しくないと言うけれど、私はあの料理がとても気に入っているわ。カシウスの口に合うなら、ノエルも好きかもしれないわね」

私の話を神妙な顔で聞いていたはずのレイナルトが突然噴き出した。どうやら、先ほどから咳き込んでいるのではなくて、笑いをこらえていただけだったらしい。

「どうしたの？」

「いや、その……もう今だから言ってしまいますけれど、旦那様は非常に偏食家でした。野菜なんて、嫌いなものの代表格ですよ」

「えっ」

レイナルトの言葉に耳を疑わざるを得ない。カシウスはとにかく真面目で、わがままなんて言わないし、癇癪ひとつ起こさない鉄のような少年だったのだ。野菜が嫌いだなんてそんな子どもっぽい一面があるなんて、考えもしなかった。

「でも、私の前では……」

「見栄、ですよ。もう、薬膳粥……ヤバいしかめっ面だったのを思い出しちゃって……」

記憶をたぐり寄せる。私の目にはしれっと冷めたような顔に見えていたけれど、実はそれは必死にこらえていただけなのだと言う。

「アリー様だけにこんなまずいものを食べさせるのはかわいそうだ、って。俺とエレノアもいっしょに食べますと言ったんですけどね。『まずいだけで安くはないのだから、お前達は普通の食事を摂れ』と」

「そうだったの……」

結婚生活が長くても夫については知らないことだらけだ。私が生きている間にカシウスのことをもっと知る機会はあるのだろうか。

「セロリもたべる！」

昔話に花を咲かせている間に、ノエルは次の野菜に目をつけていた。レイナルトが洗うのをじっと待って、渡されるとすぐに躊躇なく口に放り込む。

「セロリもおいしい？」

「うん」

「そういうところは似てないんですねえ……旦那様はセロリも嫌いでした」

「あら。でも、セロリはハンバーグに入っているじゃない？」

料理長自慢のハンバーグに刻んだセロリが入っているのは、昔から変わらないはずだ。

「気が付いてなかったんだと思いますよ」

「そんなことあるかしら？」

「ありますよ。とにかく、アリー様の前では自分を立派に見せようと必死でしたから」

レイナルトは私よりずっとカシウスのことを知っているのに、ノエルがやってくるまでは尋ねても教えてくれることはなかった。それは彼が忠誠を誓い、友人だと思っているのはカシウスであるゆえなのだけれど、どうやらノエルの存在は口を軽くさせるようだ。

「ハンバーグってなに？」

ノエルの美味しい食べ物を探すアンテナは四方に張り巡らされているようだ。

「ひき肉と野菜を混ぜて、丸くして焼いた物よ。食べやすいから、よく作ってもらうの」

ノエルは私の説明を聞いてもあまりピンとこないようだ。王都の方で流行った料理だから、エメレット出身のノエルが知らないのも無理はない。

「とっても美味しいわ。私は大好きよ」

ノエルの瞳がきらりと輝いたように見えたのは、太陽の光のせいだけではないだろう。

「ノエル、それたべたい。ハンバーグたべたい」

「ええ。ボグズにお願いしておきましょう」

「わーい」

ノエルは喜びを表現している……のだろうか、両手を上げてぴょんぴょんと跳びはねた。

「あらあら、元気ね。私はこの後お仕事があるから、もう行かなくちゃ。ノエルは晩御飯まで遊んでいてくれる？」

「勉強おしまい？」

「ええ。屋敷の中は自由に移動していいけれど、大人の言うことは聞いてね」

「はーい。じゃあノエル、うまを見に行こっと」

いつの間に目星をつけていたのか、ノエルはいくつかの野菜を持って、迷いなく馬小屋の方へ走り去っていった。

「やれやれ、すっかりノエルお嬢様が板についてしまいましたね」

「ね。不思議な子だわ」

一緒に過ごしてみて、カシウスと外見はそっくりでも性格はかなり違うことはわかった。けれど、それがこの屋敷に今まで無かった活力を与えてくれている……と思うのは、自分勝手過ぎるだろうか？

「……でも、やっぱり」

ノエルの背中がすっかり見えなくなったあと、レイナルトは俯いて、ぽつりとつぶやいた。

「本当に、旦那様……カシウスが外に愛人をつくるなんてことをしたのだろうかと、俺は思っているんです。なんだか、まだ信じられなくて……」

「私にも、どうしても想像がつかないの。でも現にノエルは存在して、見れば見るほどにカシウスが苦労をしなかったらあんな子だったかもしれないと思ってしまうのよ」

「まあ……子どもには罪がないわけですし、戻ってくれれば嫌でも真実が明らかになるでしょう。今はひとまず、奥様が元気ならいいです」

レイナルトは言葉とうらはらに、悲観的な長いため息をついた。

夕食は私とノエル、そしてエレノアと摂ることにした。二人きりだと食事のマナーを教える時にあんまりにも甘やかしそうだからと言うのがレイナルトの意見だ。

食堂の大きな長方形のテーブルではなくて、別室の小さな丸テーブルを三人で囲む。

エレノアはまだノエルを認めてはいないのでどうなることかと戦々恐々としていたが、食事に現れた彼女はレイナルトとは対照的に機嫌がよく、鼻歌など歌っていた。

これは好都合。食事中にはらはらすることはなさそうだし、レイナルトと意見が対立して険悪になっているということもなさそうだ。

「エレノアったら、何かいいことがあったの？」

「アリー様！　聞いてください。実は、ラヴィネスが元気になったのですよ」

動物はしゃべらない。具合が悪くてもどこがどうと教えてはくれない。だから体調がよくないと明らかに分かっていても、その原因を特定するのが困難な場合がある。

エレノアが王都から連れてきて大事にしている牝馬のラヴィネスもそうだった。ここ最近は食が細くなり、もう何頭も子馬を産んだし、年だから仕方がないかとエレノアが寂しそうにしていたのを覚えている。

「あら。自然に良くなったのかしら？」

「どうやら口の中の見えにくい部分を痛めていたようです。先ほどは飼い葉をもりもりと食べておりました」

午後、ノエルは馬小屋に遊びに行っていたはずだ。仕事の邪魔をしていなければいいのだけれど。

「ふふーん」

あなた、お邪魔をしなかった？　と目配せをしたつもりだったのだが、なぜだかノエルは得意げな顔をした。

「あー、おなかすいた。ノエルはおなかがぺこぺこなのです。はやく～」

ノエルはお行儀よく椅子に腰かけているが、両の手はまるで雨乞いをするかのように天井に高くかざしている。これは彼女特有の癖なのかもしれない。

「本当にずうずうしい子どもだな。朝も昼もたらふく食べて、その後も農園で食い散らかしていたそうではないか。私の馬にも勝手に餌をやっていたそうだが……」

腕を組み、じろりとノエルを睨み付けるエレノアの視線にもノエルはまったく怯まない。

「だってほしいって言ったんだもん」

「馬がか？」

「そう、にんじんほしいって。にんじんだけだよって言ったのに、セロリも。だからノエルはまだおなかがすいてる」

ノエルはぷくーっと頬を膨らませた。

どうやらノエルは新鮮なおやつを馬に取られてしまったようだ。ノエルが両手にいっぱいの野菜を抱えて馬に餌をやるところを、私も見たかった……。

「……ふ、野菜を見せればそうだろうさ。ま、元気になったのならいいことだ」

エレノアは頑固で生真面目なだけで、心の冷たい人間ではない。無邪気な子どもに笑いかけられると、そう無下にもできないらしく、なんだかんだと二人の会話は弾んでいる。

「こんど背中にのせてくれるって言ってた」

「あいつも年を取って気性が落ち着いたからな……いやいや。まずはポニーから始めるのが筋だ」

「ぽにー？」

「小さい馬だ。子どもじゃない。大人になっても小さい馬のことだ」

エレノアがこのくらいと手でポニーの大きさを示すと、ノエルは目を輝かせた。

「お部屋にいてほしい！　アリエノールとノエルと、ポニーでいっしょにねる！」

「それは無理よ」

黙って聞いていたけれど、それは無理だ。いくら私の寝台が夫婦用の大きいものだとは言え、さすがにそれは遠慮したい。

「アリー様。ノエルお嬢様は馬術に興味がおありのようですから、今後は私がみっちり指導いたしましょう」

「ええ、やだ！　エレノア、ノエルにわるだくみする！」

どうやらノエルはノエルで、エレノアのことを警戒している様子。

「やだよとは何事だ。いいか、私の家は歴代の騎士団長を五人も輩出した名家、レンズビー伯爵家なのだ。もっと言えば、今の騎士団長は私の父なのだ。誇り高き騎士の一族が、悪巧みなどするものか」

ふふん、どうだと言わんばかりのエレノアだけれど、ノエルはぽかーんとした表情だ。

「えらいおじさんの子どもなのに、エレノアはなんでここにいるの？　ついほーされたの？」

「されとらんわ！　お前、バカのふりをして私をバカにしているな！」

「いいえ。ノエルはなにもわかりません。わからないから、エレノアにはついていけません」

ノエルは両手で耳をふさぎ、いやいやと首を振っている。……あまり嫌そうには見えないけれど。

「ふーむ。まさかノエルお嬢様ともあろうものが……完璧な貴婦人たるアリー様の薫陶を受けているあなた様が、武芸のひとつふたつみっつ、こなすことができないとは。これではとても認められませんなあ」

　そんな性格でもないくせに、エレノアは精一杯の悪巧み顔をしている。

「う、うう……がんばる……けど、アリエノールもいっしょじゃなきゃ、やだ」

　一緒じゃなきゃ嫌だ？　それはそう。私もそう。護身術、乗馬、そして森に遠駆け。野営の訓練もするかもしれない。私も行きたい。考えただけで楽しそうだ。けれど私は馬には乗れないし、外泊もできない。

「くやしい……」

　エレノアがノエルと元気いっぱい遊……いや、訓練するのを想像するだけでハンカチを噛みしめたくなってくる。

「ノエルお嬢様は元気いっぱいですからね、すべてアリー様が面倒をみるのは無理ですよ」

　給仕係のダニエラまでそんなことを言いながら、テーブルに料理を配膳していく。

「こ……これが……はんばーぐ!!」

　ノエルは大きな瞳をさらにめいっぱい見開いて、テーブルの上を眺めている。

「きらきらの、つやつや……にんげんのおやしき、すごい。なんでもある」

「まだ熱いから、食べてはだめよ」

　ノエルの両頬は興奮なのか、はたまた湯気のせいなのかほんのりと色づいている。うっとりとした表情で料理を褒めたたえられて、ボグズもさぞや調理場で喜ぶだろう。

「ほう、献立はハンバーグだったのですか。それでは失礼いたします」

エレノアがひょいと、ノエルの前にあったハンバーグにフォークを一刺し。

「へっ？」

ノエルの口から吐息とも叫びともとれない音がした。エレノアは手首のスナップでさくりと、ハンバーグを切り取って、一口食べた。

「あ……⁉」

ノエルは唖然としたまま、エレノアがゆっくりと咀嚼するの眺めていた。

何が起きているのかわからない――ノエルは、その言葉を口にすることができないほど衝撃を受けているらしい。口がぱっかりと開いたままだ。気の毒だけれど、この顔も愛嬌があってかわいい。

「⁇」

ノエルはなぜエレノアが自分のハンバーグを食べてしまったのかまったく理解していないけれど、怒るに怒れなくて、私とエレノアを交互に見ている。

「ふむ。相変わらず結構なことです」

水を飲み、ナプキンで口を拭いてからエレノアはしっかりとうなずく。

「問題はない様子ですね。それでは……」

「ひ……」

「ひ？」

「ひどい。エレノア、ハンバーグひとりじめする……？」

ノエルがわなわなと震えながらもやっと絞り出した言葉を、エレノアは鼻で笑った。

「人聞きの悪いことを言うな。これは毒味だ」

「どく？　どくなんて入ってないよ……？」

ノエルは腕を組み、ハンバーグとエレノアを交互に見つめた。それでも納得がいかなかったのか、テーブルクロスの下を覗いてみたり、コップの水を揺らしてみたり。

「当たり前だ。この屋敷は安全だが、外では貴族という名の魑魅魍魎が跋扈している。昨日まではそれどころではなかったが、食事の前にはきちんとふさわしいものが提供されているかどうか確認するのだ。……まあ、普段はしないけどな。令嬢になるのならすぐにがっつかない。これもまた、大事なことだ」

「れいじょーってなに？」

「貴族の娘だ」

「ノエルはただの『うちのこ』でいいんだけど」

「エメレット家の子はただの子どもではいられない。何しろ建国時からの名門だからな。田舎ではあるが、水も食材も豊富、宗教的な価値もある。物を知らない奴は王女殿下は田舎貴族に嫁いだと揶揄することがあるが、それは間違いだ。エメレットは大貴族なのだ」

「だいきぞくになるとどーなるの？」

「一目置かれる」

「だれに？」

「国内外の貴族に……」

「ふうん。よそにはエメレットの価値がわからないにんげんがいるんだ」

「知ったような口をきくな。……大体、それならノエルお嬢様が、一目置かれるようになればよろしい」

エレノアは自分に言い聞かせるように、ふたたびナプキンで口元をぬぐった。ノエルもそれを、鏡映しのように真似をする。……可愛い。

「さて、これでお毒味はおしまいです。どうぞ、お嬢様」

「もし、にんげんの毒をみつけたらどうすればいいの？」

ノエルはテーブルの上の花瓶を指さした。確かにそこには食用ではない毒を持つ花が生けてある。おそらく、知っていて言っているわけではなくて、偶然だろうけれど。

「どうすれば、とは……まず食べないこと。そして、信頼のできる人間にこっそり知らせるのだ」

「わかった。毒を見つけたらエレノアにいう」

うんうんと自分に言い聞かせるようにノエルは首を何回か縦に振ってから、ハンバーグに取りかかった。

「信頼できる人間」に自分が分類されていると思わなかったのか、エレノアは虚を突かれたように目をぱちぱちとさせている。

「うん……まあ、そうだな。私はそのために、アリー様にずっとお仕えしている。もっとも、今までにそのような事件にアリー様が巻き込まれたことはないわけだが」

「エレノア、ずっとアリエノール守ってる？」

ノエルは食べ物を飲み込んでから喋るということを誰に言われるまでもなく徹底しているし、一度見たテーブルマナーは完璧に記憶できるのか、この世界に生まれ落ちた日からお嬢様でした。と言われても納得できる優雅さだ。

「ふ、そうとも言えるかな……しかし、私一人では心もとないのも確かだ。ノエルお嬢様が武芸を身につけて一緒に護衛してくれると助かるな」

エレノアもテーブルマナーについては特にひっかかる箇所がないようで、二人は食事と会話を楽しんでいる。

「だいじょうぶ、だいじょうぶ。まかしといて。どどんとどろぶねに……」

「大船、だ」

……なんだかんだで二人はすっかり打ち解けたようだ。こういうのをエメレットの方言で「ちょろい」と言うのよね。

思わず笑いが漏れると、二人が同時に私を見た。エレノアは私にちょろいと思われたのを察しているのか、少し顔が赤くなっている。

「アリー様。せっかく食べやすいハンバーグなのですから、ぜひお召し上がりください。昼はいつも通りスープだけなのでしょう？」

私の前には手つかずのハンバーグが置かれたままだ。

「あら。昼はノエルと一緒にパンケーキを食べたのよ」

だからお腹が空いていないの——そう答えようとした瞬間、お腹が鳴った。普段より沢山動いたからかしら。

「アリエノール、おなかぺこぺこ。ノエルが毒見してあげる」

「やめんか。本当に食い意地のはった奴だな」

「毒見だもん、おつとめだもん！」

「だからそれをするのは私の役目なのだ……ええい、お嬢様ならお嬢様らしくしろ」

「おつとめー！」

「はいはい、ノエルお嬢さま。お代わりは沢山ありますよ。まずは付け合わせのパンからお選びください」

ダニエラがパンを持ってきて、ノエルの意識は一瞬でそちらに向けられた。

「パ、パンがいっぱい……ふかふか、ほかほか……」

「こちらはくるみを混ぜ込んだもの、これは一番よく食べられるバターロール、私のおすすめは……」

「私にほうれん草のパンをくれないか」

「じゃあノエルもそれ。あとこれとこれとこれ……」

「本当に……食い意地の張ったやつだな……」

「いいじゃないですか。育ち盛りですもの、今までのぶん、沢山食べていただきませんと」

「あ、ねじねじパンだ！」

ベーコンとチーズを練り込んだパンをノエルが嬉しそうに手に取った。彼女は本当に、美味しそうに食事を摂る。

……私も、食べてみようかしら？

三人の会話をよそに、一口ハンバーグを食べてみた。あまり食事を摂るように期待されてしまうと、胃がきゅうっとなってしまうのだ。こっそり食べてみるに限る。

「おいしい……」

脂がしつこくなくて、体にすっと入ってゆく。昨日までは食事を胃が受け付けないことが多かったのに、今は体が必要としているのがわかる。

「そうなの、おいしーの」

私が一心不乱に食べるのを、ノエルとエレノア、ダニエラ、そして物陰からボグズが見守っている。

……本当に、これでは大人と子どもが逆なのよね。


「……ごちそうさま」

まさか自分がぺろっと完食できるとは。……今日だけで、三日分ぐらいの食事を摂った気がする。

ノエルの方がよほど沢山食べているけれど、これは私にとってはとても大きな一歩だ。

「食欲があるのはいいことです！　食わねば始まりませんから。……体調がよくなられたのなら、今年王都で行われる地霊契祭にも出席できるかもしれませんね」

エレノアまでそんなことを。どうして皆、揃いも揃って私を王都に送り込みたがるのか。

「あなたは一度王都に戻って、結婚の件をご両親にご報告しないといけないものね」

「私は兄弟が多くおりますから、一人ぐらい戻ってこなくても良いと言われているので心配ないのですが」

エレノアはフォークを置いて目を伏せた。

「兄たちがアリー様をお連れして差し上げろ、あんな田舎に押し込めてかわいそうだろうとうるさいのです。それに一番上の兄が、外遊に同行した際にエキュマリーヌ妃殿下から直々にお声をかけられたそうなのです。『あなたの一番下の妹と、アリーは仲良くやっている?』と」

「えきゅまり?」

「エキュマリーヌ様というのは、アリー様の一番上の姉君だ。今は他国の妃殿下となられている」

「えきゅまり、アリエノールしんぱいしてる? みたことない」

「呼び捨てをやめろ。私たちのような伯爵令嬢とは身分が違うのだぞ。他国の王妃様だ。……エキュマリーヌ様はアリー様と一回り離れていらっしゃるからな。もう嫁がれて十四年にもなる」

「あのぐるぐる、ねじねじパンみたいな髪の毛のにんげんは?」

「……グルナネット殿下か? あれは縦ロールと言って、女性の髪形の一つだ」

「バターロール?」

「違う。……もし、グルナネット殿下にお目にかかる機会があったとしても、髪形については何も言うんじゃないぞ」

「はい。グルナネットに会っても、バターロールの話をしない」

「……まあ、それでいいか」

「姉様にお会いするとしてもずっと先のことだから、大丈夫よ」

「このままですと地霊契祭の前にこちらに乗り込んできて、アリー様が連れ去られるついでに発見されるという可能性もありますが」

「そうなったら、エレノアが盾になってちょうだい」

押しの強い姉のことだ、ルベルやエレノアの兄姉と徒党を組んで、私を引っ張り出しにかかる可能性は否定できない。ノエルのことは隠しておかないと。

「皆、よけいなお世話なのよ。まったく」

「兄たちが口うるさくておせっかいなのは否定しませんが。国王陛下もそう思われていると」

「それなら遠回しに臣下を使って言わないで、勅命でもなんでも出すべきだわ」

「アリー様が意志の強い頑固な方で、領地を放り出して観光のために戻ってくる訳がないと、親だからこそ知っているのでしょう」

「どのみち、元気だとしてもノエルがいるもの。まだ早いわ」

私とエレノアが地霊契祭について話すのを、ノエルはおとなしく、だまって聞いていた。

七章　ノエル、恐れる

明け方、頬をくすぐるやわらかい感触で目が覚めた。ノエルが私を起こさないようにやさしく頬を撫でながら、何か小さな声で呟いているようだ。瞳を閉じたまま、そっと耳を傾ける。

「アリエノール、いいこ、いいこ。ゆっくり寝なさい」

ノエルは母親が子どもを寝かしつけるように振る舞っていて、これでは完全に逆だ。

「……ふふっ」

「あ」

ついつい笑いがこらえられなくなって、ノエルに狸寝入りをしていたことがバレてしまった。

「アリエノール、起きてるのにうそついた」

ノエルは恥ずかしくなったのか少し頬を赤らめていて、寝起きでくしゃくしゃの髪の毛がまるでちょっと怒っている猫みたいだ。

「ごめんなさいね。もっとなでなでしてほしかったから」

「なでなでしてほしかったら、先にノエルをなでなでする」

「あら、いいの？」

「アリエノールは特別。いいこだから」

ありがたくノエルの頭を撫でさせてもらうことにする。私もよく髪が綺麗だと褒めてもらうことが多いけれど、子どもの髪の毛はどうしてこんなにも繊細かつ触り心地が良いのだろうと、いつも不思議だ。

なでなでなで。一心不乱にノエルを撫でる。子どもはすぐに大きくなってしまう。心残りのないように、思う存分愛でておかなければ。

「……まだ？」

ノエルは私があんまりにも全身を撫で回すので、さすがに居心地が悪くなったようだ。

「ごめんなさい、あんまりかわいくて」

ぱっと手を離すと、ノエルは寝台を下りて窓際に駆け寄った。

「何が見えるの？」

窓から外を眺めると、エレノアが中庭で素振りをしているところが見える。彼女は今でも毎日鍛錬を欠かさない。本人曰く『体を動かさないとむずむずする』のだそうだ。私にはその感覚はよく分からない。

「ノエルもあれやる？」

「いえ。今日もお勉強よ」

「今日もまたおべんきょう……？」

朝日に照らされたノエルは訝しげな顔をしている。さんざん自分の賢さをアピールしたのに、まだ何かしなければならないと言われて、若干不服のようだ。

「書斎に沢山絵本を集めておいたわ。朝食前に見に行きましょうか」

「えほん？　ノエル、にんげんの文字読めるよ。アリエノールにも教えてあげるね」

「……私、ノエルよりは物知りだわ。多分」

ノエルがあんまり得意そうに言うので、私はやっぱり、笑ってしまった。

書斎にはノエルのために用意された沢山の本が置いてある。中には書庫から引っ張り出してきた、カシウスが昔読んでいた絵本もある。

……そういえば、どうしてあの時、ノエルは鍵がかかっているはずの書斎にいたのだろう……。

「わーい。ノエル、いっぱいにんげんの勉強する。勉強して、教えてあげるの」

私の些細な疑問をよそに、ノエルは勢いよく本の山にとりかかった。興味があるものとないものに仕分けをしているらしく、山がすさまじい勢いで二つに分かれていく。

「誰に教えてあげるの？」

「みんな」

「皆、というのはここに来る前に一緒に過ごしていた人たちかしら？」

「いまもいっしょ」

ノエルの過去について何か聞き出せるかと思ったけれど、それはまだ難しいようだ。レイナルト達は手分けしてノエルの身元を割り出そうとしているが、一向に正確な出身地が不明なままだ。明らかに謎が多すぎて生母と育ての親はまた別なのかもしれない——とレイナルトは言っていた。カシウスが戻ってくれれば全ての謎が明らかになると思うのだけれど、レイナルトはどうにも納得がいかなくて、自分で謎を解くことに固執しているみたいだ。

今更故人の過去を暴こうとは思わないし、彼女がカシウスの血を引いてさえいればどこの誰でも構わない。確かなのはノエルはとてもかわいくて、すでに私の一部になってしまっているということ。

「あ、これにする。『エメレットのれきし』。アリエノール、よんで」

「ええ、もちろんよ」

ノエルを膝にのせて、絵本を読み上げる。

「その昔、セファイア王国はどろどろの沼がたくさんある、貧しい土地でした。けれど、沼地を越えた先にはユリーシャという心のやさしい精霊が棲んでおり、人間たちに恵みをあたえてくれていました」

この国の子どもならば一度は聞いたことのある話だ。エメレットの子どもはそらで読みあげることができるほどにこの話を聞かされるのだが、ノエルはふんふんと初めて聞いたみたいに興味深げに耳をかたむけてくれている。

「カリナという一人の心優しい少女が、王様にえらばれて、精霊に頼みごとをするために出かけました。カリナは沼地を越えて、精霊の森にゆき……」

巫女カリナが精霊の出した三つの質問に答え、その答えが気に入った精霊はカリナに加護を与えた。カリナは王に加護を受けたことを報告し、たくさんの褒美をもらい、国は豊かになった……よくある建国神話だ。


「カリナはたくさんのおみやげを持って家に帰り、いつまでもしあわせに暮らしました。おしまい」

「ふーん」

ノエルは腕を組みながら、天井を見つめていた。

「あまり好きじゃなかった？」

「うー……この話、ちょっとちがう」

「……ちょっと……違う？」

ノエルの指摘にぎくりとする。この話は王家が国民に語るために作らせた話で、おおむねは歴史上の出来事だけれど、一部違う箇所があるのだ。

「なぞなぞなんてしてないよ。ユリーシャ、カリナのつくったお酒気に入った。お酒いっぱい飲むためにちょっとにんげんにかまってあげることにした。でも、ノエルはお酒よりおかしのほうがすき」

「そういうお話もあるわね」

伝説は伝説でしかないので、解釈には諸説ある。

実際、精霊の森に甘い菓子類を供えるようになったのは私がエメレットに嫁いでからのことで、それまでは酒が主な供物だった。

確かなことは大精霊ユリーシャがただ一人の人間を気に入った、それだけが国の始まりだということ。

「王様はさいしょ、王様じゃなかった。ほんとはユリーシャ、カリナを女王さまにしろって言った。でも約束やぶって、ちがう人が王様になった」

ノエルの指摘はそれだけではなかった。続けて彼女はためらいもなしに、我が国セファイアの秘密を暴露したのだ。

「……その話は、また今度ね！」

慌てて絵本を閉じて、本棚にしまい込む。

心臓がどきどきする。一般に知られていないはずの王家の秘密を、どうして貴族教育を受けていない彼女が知っているのだろう。

やはりカシウスはこっそり我が子に会って教育を施していたのだろうか？

「アリエノール？　大丈夫？　魔力あばれてる？」

ノエルが心配そうに私を見上げている。その瞳は潤んでいて、心から私を心配してくれているのがわかる。

……余計なことを考えるのはやめよう。

「いいえ、大丈夫よ」

そういえば……私の体が悪いこと、誰かがノエルに説明しただろうか？　急に倒れたり、食が細かったり、私が丈夫ではないのは聡いノエルのことだ、見て取れるだろう。けれど魔力過多の説明を誰かがするとは……。

考えこんでいるとコンコンコンと、せっかちなノックの音が三回して、エレノアが入室してきた。少し表情がかたい。

これはノエルとはまったく関係のないことだと、長い付き合いだからわかる。

「どうしたの？」

「数時間ほど屋敷を離れます。アズマリア殿が四日ほど前から戻らないらしく」

「まあ。もしかして森の中に……」

「一週間ほど戻ってこないのは普通ではあるのですが。ここ数日のこともありますし、他の者から話を聞いて卒倒されるよりは、私が迎えに行き、説明しながら帰ってこようかと」

「そうね」

私とエレノアの会話を、ノエルは大きな目をさらに丸くしながら聞いていた。

「アズマリア……」

「アズマリアって言うのはね、レイナルトのひいおばあちゃんよ」

レイナルトの一族は平民ではあるけれど、エメレットの地に長く住み、伯爵家からの信頼が篤い一家だ。……十年前の疫病で先代の執事長だったレイナルトの祖父をはじめとした人たちが殆ど亡くなってしまったのだけれど、高齢のアズマリアは今でもピンピンして、森の番人とも言うべき、精霊の森に入り、参道をきれいにし、薬草やきのこを採取しながら森に異常がないか監視する仕事を長年続けている。

レイナルトやエレノアは「年だから」と引退を勧めているのだけれど、アズマリアは「生涯現役ですじゃ。死ぬときは森でと決めております」と聞かないのだ。

「ノエル、アズマリア、きらい！」

ノエルは一声叫ぶと、ぴゅーっと部屋から出ていってしまった。

「なんでうちのひいばあちゃんが嫌われないといけないんです？」

すれ違いざまにやってきたレイナルトが不服そうな声を上げた。

「森の番人だからじゃない？　だから、厳しく怒られたことでもあるのかもしれないわ」

私の言葉にレイナルトは顎に手を当てて考えこんだ。

「なら、やっぱりこの近くの子どもなのか？」

……それは、彼を含めたこの屋敷の皆が思っていることだった。ノエルはエメレットの地理にとても詳しいし、このあたりの人間を知ってもいる。けれど誰一人として、ノエルのことを知らないのだ。

……カシウスだけは、すべての真実を知ってはいると思うけれど。

「まあ、それはアズマリア殿を見つけて本人から聞けばわかるのだから、いいだろう」

エレノアが気を取り直したように言った。

「それもそうね」

「そういうことで。俺は別に心配はしていないんですけれど、そういやお嬢様の件をひいばあちゃんに言ってなかったなと思いまして」

異論はない。エレノアはアズマリアに「跡継ぎ」として認識されるほど森歩きに慣れているし、隠し子騒動でアズマリアがひっくり返りそうになったとしても、なんとか状況を収めてくれるだろう。

「お願いね、エレノア」

はいと返事をしたエレノアの口元が、笑いをこらえているように見えた。

「何か面白いことでもあったの？」

「いいえ。あのノエルお嬢様にも、苦手なものがあったというのは、我々にとっては大きな一歩だと思いまして」

「まあ」

「なにせ好き放題されておりますから。それで、アズマリア殿が戻ってきたら今後が楽しみだと考えてしまいまして……」

「確かに、ノエルに苦手なものがあるなんて初耳だったものね……」

エレノアが勝手口から出ると言ったので見送りのために廊下を進んでいると、反対側からラナが走ってきた。

「お、奥様、大変です。ノエルお嬢様が、いなくなってしまったんです！」

「なんですって⁉」

てっきりノエルは書斎や客間などに遊びに戻ったのだと思っていた。

「きちんと見ていたはずなのですが、いつの間にかいなくなってしまったそうで……最後の目撃情報は地下の酒貯蔵庫で、ダインが三十分ほど前に声をかけられたそうです」

「なんと？」

「ここに入れてと。大事なお酒をしまっている所だから子どもは駄目ですと言われて、ほっぺを膨らませながらいなくなったそうです。その後、行方が知れなくなって……」

「ノエルはそれしか言わなかったの？　次にどこへ行くとか」

「もうすぐ薬用酒の仕込みのためにここを開ける。その時に見学できるかも、でもアズマリアさんが戻ってこないから……みたいなことをダインがお嬢様に言ったらしいです」

ノエルは酒の貯蔵庫に入りたかった。けれど入れなかった、アズマリアがいないから。アズマリアは森にいて、ここにはいない。そしていなくなったノエル……。

「もしかして、ノエルはアズマリアを捜しに行ったの？」

このあたりの住民は健脚が非常に多く、子どもでもかなりの距離を移動することができる。……ノエルは貯蔵庫の見学したさに、アズマリアを捜しに行こうとしてしまったのだろうか？

「大変、捜しに行かないと……！」

「私が行って参ります。なに、精霊の森でしょう。おそらく正門ではなく裏口からとなると、参道の付近にいるはずです。アリー様は屋敷でお待ちください」

「いいえ、私も行くわ。神殿までなら、いいでしょう？」

屋敷の裏口から神殿まではまっすぐ一本道で、歩いて三十分ほど。エレノアの言う通り、その途中にノエルがいてもおかしくはない。

「しっかり、勝手に家から出てはいけません。と叱らないと」

「アリー様は甘やかしてしまいますから、このエレノアめにおまかせください」

「だめよ、私も行くわ。ノエルには魔力があるの。もし姿が見えなくても、ノエルの魔力をたどって捜すことが出来るわ」

魔力のあるものは他者の魔力を探ることができる。それはエレノアには……今この屋敷にいる人間の中で、私にしか出来ない芸当だ。

「しかし」

「エレノアが止めても、私は別ルートでノエルを捜しに行くわ」

エレノアは口を三角に曲げ、眉を吊り上げていたが、私が視線を外さないので折れたみたいで、目を伏せた。

「わかりました。私にとって優先すべきはアリー様です。危険だと思えばすぐに引き返します。それでもよろしいですか」

「ええ」

「はあ……ダメだダメだと思いながら甘やかしてしまった、私の責任なのですね」

……エレノアに甘やかされている自覚はある。

「それでは、アリー様。先に誰かが戻りましたら鐘を鳴らしてお知らせします。ひいばあちゃんが一回、ノエルお嬢様だったら二回続けて」

「ええ、よろしくね」

私とエレノアはレイナルトの見送りのもと、連れ立って屋敷の勝手口から精霊の森へと入った。

「ノエルーー！」

声を張り上げると、森の魔力のせいか声が反響するけれど、返事はない。

「アリー様、声は私が出しますので体力を温存してください。……魔力はどうですか？」

「全然わからないの……」

自信たっぷりに捜索に加わったものの、まったく成果は出ていなくて、申し訳ない。

「そうですか……」

「いまごろ迷って心細い思いをしているかもしれないわ……」

精霊の森は太古の昔から手つかずで、人が出入りしているのはごく浅い地域に限られる。森のほんの手前だとしても濃い魔力が充満し、方向感覚や、心の均衡を乱す。

数時間なら特に影響はないと言われているけれど、人がこの森に入ると、普段より気が大きくなって、饒舌になったりしてしまう。小さな子が一人でいて平常心を保てるとは思えない。

「お気を確かに。それにお言葉ですが、あの子はそういうタマじゃありません」

「でも、ノエルはまだ小さな子どもよ」

「彼女が確実にエメレットの子であるなら、精霊が守ってくださるでしょう」

「エレノアって……私よりずっと長い間、エメレットに住んでいるみたいよね」

「まあ、私はここに住み着こうと決めましたから」

そんなの私だってそうよと言おうとした瞬間、遠くから風に乗って人の声が聞こえた気がした。

「今、何か……」

「風向きが変わりましたかね。おーい！　誰かいるのかー！　どこだー！」

「ここですじゃ！」

エレノアの声に答えるように、ノエルではないしわがれた声がはっきりと聞こえた。

「皆様、このアズマリアをお呼びですかな」

程なくしてがさがさと音を立て、アズマリアが顔を出した。アズマリアはもはや「何年か前には九十歳だった」ぐらいの、もう本人も自分が何歳かもわからないほどの高齢だけれど、足取りはしっかりとしている。

若い時に森に迷いこみ、精霊の祝福を受け、森での採取許可を得た。

……というのは建前で、精霊の森に長時間立ち入ると、あまりに濃い魔力のせいか心身に影響を及ぼしてしまう。それに耐性があり、そもそも森で長期間活動ができる心技体を併せ持つものとなると、相当に人数が限られる。だから「森の番人」という役職に就き、尊敬の対象になっている。

「アズマリア殿！　一先ず、再会できてよかった」

「おお……エレノアちゃん。どうしたのかね。あれまあ、奥様まで、どうなすったので」

「アズマリアが帰ってこないから、捜しにきたのよ」

まだノエルの話をするわけにいかないので、まずはアズマリアを捜していたのだというところから始める。

「お恥ずかしながら収穫がありませんでしたので、戻る機会を逃してしまいました。……しかし、奥様はこのアズマリア以外を捜していたように聞こえてましたが」

「……ええ。実は、ノエルというこのくらいの女の子を捜しているの」

「はて。『ノエル』なんて名前のもの、この辺りにおりましたかな」

ノエルはアズマリアを知っているけれど、アズマリアはノエルを知らないと言う。不思議な話だ。信心深いアズマリアのこと、カシウスにそっくりなノエルを見かけたら、すぐに何か言いそうなものだけれど。

「あー……金髪で猫っ毛の、緑の目をした子どもだ」

「それはカシウスぼっちゃんではありませんか？」

「うちの旦那様ではないのだ、アズマリア殿。しかし外見はそっくりなのだ」

「そんな子ども、おるわけがありません」

アズマリアはしゃんと背筋を伸ばして、周囲をぐるりと見渡した。

「いたとしたら……」

がさがさと音がして、言葉を遮るようにノエルがひょっこりと顔を出した。

「あ、あのう」

「ノエル！　よかった、無事だったのね！」

腕を広げると、ノエルは私のそばにとととっと走り寄ってきた。森の中をさまよっていたようだけれど、疲れた様子ではなさそうだ。

「どうして屋敷を出たの。だめよ、勝手に外に出ちゃ」

「ここまで、全部うちだから……」

「理屈の上ではそうだけれど。もう、心配させないで」

「ノエルも、薬草、探そうとおもって。でも……」

「あんれまあ。面妖な子どもじゃ」

「うっ……」

アズマリアが年若い少女のように目をきらきらさせながらノエルの顔を覗き込もうとして、ノエルは私の陰にひょいっと隠れてしまった。アズマリアのことが本当に苦手らしい。

「お嬢ちゃん。この婆に顔を見せてくれんかね」

「う……やだ……」

脳内でレイナルトが「なんでうちのひいばあちゃんが嫌われないといけないんです？」と不服そうにしていたのがよみがえる。

「ほら、ノエル。ご挨拶して。アズマリアはレイナルトのひいおばあちゃんで、この精霊の森の番人を八十年も続けているのよ」

「しってる……」

スカートにがっしりと掴まっているノエルの背中を叩くと、ノエルはしぶしぶ顔を出した。

「なんと。坊ちゃんの小さいころに生き写しじゃ……!!」

アズマリアは目を見開いて、わなわなと震え出した。

「う、うむ。その件なのだが、アズマリア殿。気を確かに聞いてほしいというか、アリー様が受け入れているのであなたにもご納得していただきたいのだが……」

顔を見なくても、エレノアの頬が引きつっているのがわかる。

「まあ、見ての通りこの子はカシウス・ディ・エメレット伯爵にそっくりなわけだが……」

アズマリアのしわだらけのまぶたがみるみるうちに涙でいっぱいになり、彼女は地面に膝をついた。

「ア、アズマリア！」

やっぱり、真面目なご老人には刺激が強すぎただろうか!?　私だって平然としているけれど、あのときはショックでそのまま憤死してもおかしくはなかった。アズマリアの身になにかあれば、レイナルトになんてお詫びしてよいか……。

「アズマリア殿、気を確かに！　話は全て済んでいるので……」

「ありがたや、ありがたや……」

「ありがたい？」

自分の耳を一瞬疑ってしまったけれど、どうやらアズマリアはノエルを拝んでいるようだった。

「精霊様が、奥様にお子を授けてくださったのですね。アズマリアにはわかります。この子はエメレットの子です」

「え、ええ」

「このような奇跡を目の当たりに出来るとは、長生きをしたかいがありました。このようなちっぽけな存在のわたくしが、加護を受け、生きながらえて、再び尊き方にお目にかかることができるとは……」

「お前、アズマリア殿とどういう知り合いなんだ？」

エレノアがじっとりとした目でノエルをにらみつけた。

「しらないしらないしらないしらない。ノエルほんとに、アズマリアに何もしてない。今日はじめてあった」

ノエルはぶんぶんぶんと激しく首を振った。その間も、アズマリアは感極まって涙をぽろぽろこぼしている。

「ええと……そうね、多分、アズマリアは信心深いから……精霊が私にノエルを授けてくれたのだと思い込んでしまったのではないかしら」

「まあ……本当にそうだったら、素敵な話ですが」

「すてきな話だよ！」

ノエルの発言を無視して、エレノアはアズマリアを支えて立ち上がらせた。

「まあ、そういうことで、アズマリア殿。この素敵なお話を皆は受け入れたので、あなたもそうしていただくよう」

「受け入れぬことなど、ありますでしょうか。アズマリアはほんにうれしゅうございます。ありがたや、ありがたや」

「……さあ、帰りましょう。皆が待っているわ」

「それはできませぬ」

私の言葉に、泣いていたアズマリアは急にしゃんと背筋を伸ばした。

「なんで？　アズマリアがいないと、お酒をみれないんだけど？」

だから捜しにきたんだよと、ノエルが心底不服そうな顔で言った。

「もともとの目的が達成できていないのですじゃ。奥様に捧げる薬草が見つけられておりませぬ」

「そんなの気にしなくていいのに。まだ在庫はあるもの。一旦帰りましょう」

「精霊の森が、何か妙なのです」

今までにないことです……とアズマリアはゆっくりと首を振った。

「先週ほどまでは、すぐに薬草も、きのこでも木の実でも、導かれるようにして見つけることが出来ていたのですが、なんだかこの数日は森の中で迷ってしまいましてなあ。……何かが足りないような、森の中ががらっぽになってしまったような、そんな気がするのです」

「へ、へー」

ノエルが気のない相槌を打った。

「お供えを食い荒らす動物もいなくなったようで、とにかく森が静かなのです。だから、この森から精霊様がいなくなってしまったのかと思って、しばらく様子を探っておりました」

「そんなわけないよ、精霊はこの森そのものなんだから、どこへいくとかいかないとか、そういうのないから。はやくかえろうよ」

ノエルはアズマリアとはまったく別意見のようだ。……そんなにも、お酒の貯蔵庫を見学したいのかしら……。

「けれど、アズマリアの言うことにも一理あるわ。薬草を見つけられないなんて、私の知る限り……いいえ、ここ数十年はなかったことじゃない。天変地異の前触れかしら？　カシウスに報告しないと」

だからアズマリアが心配して森をふらふらしていたのも理解できるし、実際に森に何かが起きているとすれば、解明しなくてはいけない。

「せ、精霊もおさんぽぐらいはするよ。むこうの方とか」

「散歩……そうだ。アリー様、この前精霊が罠にかかっていたといいましたよね」

「ええ、たしかに」

あんなにも貴重な体験をしたのに、今の今まですっかりその件を忘却していた。

「あんれまあ。精霊様が、ですかいな。それは恐ろしい。たたりがあるかもしれませんじゃ。てっきり動物かと……あれあれ、恐ろしや。奥様、すみませぬ。アズマリアが良かれと思って失礼なことをして、精霊さまの怒りに触れてしまったのやも……」

「い、いいえ。多分そんなことないわよ」

この様子だと、死ぬまで謝り倒されそうだ。

「精霊はおこんないよ。びっくりしたけど。でも狭いところはきらいだから、やめてあげたらいいんじゃない」

「……ノエル様がそうおっしゃるのなら、そういたしましょう。お優しいお心に感謝します」

アズマリアは帽子を取って、深々と礼をした。……二人の会話、成立しているようで成立していないような気がするけれど、まあいいかしらね。

「ささ、もう戻りましょう。アリー様もお疲れでしょうから」

「エレノアちゃん、それはならん。精霊様がお怒りでないなら、薬草を探さねばならん」

アズマリアの頑固さに、ノエルはため息をついた。

「薬草って、どんなの？」

「冬虫夏草といいますじゃ」

「……それはきのこだよ？」

「見た目は草なのです。ノエル様は物知りですな」

ノエルはもう一度まるでカシウスみたいなため息をついた後、草やぶに入っていって、すぐに何かを掴んで戻ってきた。

「これでしょ？　根っこが虫になってるやつ」

「それですじゃ！」

アズマリアが手を叩いて喜んだ。

「こんなところに生えていたのですかな」

アズマリアはひどく驚いたようで、なんでだろう、どうしてだろうと、しきりにうろうろしている。

「さっきまでこのあたりで休憩していたのですじゃ」

「そ、そのあと生えてきたんじゃない？」

「そうかもしれませぬな……そういうことに、しておきましょう」

「ねー、帰ろうよー」

「ノエル様。あなたこそ、次世代の番人ですじゃ。長生きをして、悲しいことも多くありましたが、人生も終わりに近づき、このようなことがあるとは。このアズマリア、いつお迎えが来ても悔いはありませぬ」

「う、う～～ん。アズマリアはねえ、あと十年は大丈夫だから、ノエルのことは気にしなくていいよ！」

「おい、先に行くな！」

ノエルはたっと駆けだした。エレノアの注意をノエルは聞くことがない。ここまで一人で行動して、帰りは一本道だから迷うことはないだろうけれど……。

三人で会話をしながらゆっくりと屋敷に戻ると、一歩先に戻ったノエルが小鳥にかばんの中のパン屑を与えていた。

「戻ってきたから、お酒みる⁉」

「今日は見ないですじゃ」

アズマリアはくるりとノエルに背中を見せた。背中には彼女がそれまでに採取した薬草が沢山詰まっている。まずは採取した薬草を選別して、乾燥させて……作業はそれからだ。

「あ～、そんな～、せっかくノエルは頑張ったのに～」

ノエルはごろりと、芝生の上に転がってしまった。……薄暗い地下に樽や瓶がずらりと並んでいるだけの場所だけれど、ノエルは何がそんなに見たいのだろう。ダメと言われたら急に気になって気になって仕方がないだけなのだろうか。

「アリー様、今晩の予定ですが。後ろにずらしましょうか」

エレノアが私の耳元で小さくささやいた。

「いいえ。大丈夫よ」

「しかし、今日は長く外にいましたし」

「最近の私はとても元気なの。知っているでしょう?」

腕を持ち上げて力こぶを作る仕草をすると、エレノアは苦笑した。

「ではお待ちしております。都合が悪くなりましたらお申し付けください」

「ええ」

「二人でなにするの⁉」

芝生の上に転がっていたノエルが顔をあげた。……地獄耳とはこのことね。

「仕事だ」

「うそだ！　なんかエレノア、にやっとした！　なんか楽しいことするつもりだ！」

「本当にお仕事よ」

「ほんとにほんとにほんとにほんと？」

「ええ。お勉強とも言えるかしら。私にはとっても大変なことだから、エレノアに手伝ってもらうのよ」

「お勉強かあ。じゃあノエルはやめておこうかな」

……今晩の「用事」をノエルに知られたら大変なことになりそうだ。

八章　隠しても、お見通しです

「まだねない～」

ノエルは羽毛がたっぷり入った枕を小さな手で叩いている。どうやら寝付けないようだ。

布団の中でもぞもぞするノエルの頭を優しく撫でる。子どもの髪の毛はサラサラで、まるで絹糸の束のようだと思う。

「私はまだお仕事があるの。かわりにラナに絵本を読みに来てもらいましょうか」

ノエルがぐずるのでメイドのラナを呼び、読み聞かせを頼んでから、そっと寝室を出る。

少し前ならば、このぐらい活動すればとっくに寝込んでいるだろう。けれど今は森に探索に出かけても、まだまだ体力が余っているような感覚さえある。

「エレノア、お待たせ」

食堂のドアを開けると白いテーブルの前に、エレノアが一人で腰掛けていた。

「アリー様。お待ちしておりました」

いつも着ているピシッとした乗馬服を脱いで、エレノアはシンプルだけれども女性らしい衣類を身につけている。

「その色、いいわね」

「実家から送られてきたのです。アリー様がお気に召せば、追加で生地を送ると申しておりました」

「あら、素敵……沢山送ってもらって、この夏は皆でお揃いにしようかしら？　ゆったりした袖と、首元は開襟で爽やかにして……」

そういう服を作ってもらって、ノエルと外にお出かけしたら楽しいかもしれない。草原や、秋になれば葡萄園の視察もあるのだから……。

「あの子については色々思うところがありますが、アリー様が受け入れると仰るのなら、もう何も申しません」

「ごめんなさいね、エレノア。私のわがままで板挟みにしてしまって」

「よいのです。アリー様の体調が良くなれば、私はなんでも。……アズマリア殿もすぐに受け入れてくれましたし、彼女はこの数日で屋敷の人心を掌握した。後のことは、エレノアにお任せください」

私が王家から降嫁してきた正妻である以上、突然現れた隠し子をすぐに受け入れるのは王家をコケにした行動だと思われても仕方がない。

エレノアは私の侍女で、友人で、そして名家に連なる令嬢だ。形式的にでも反対しておかないと、のちのちにこの事実が明るみに出た時に『お前は何をしていたのだ!?』となりかねない。

「ありがとう、エレノア。あなたがいてくれて本当によかった。こんなにも沢山のことを手伝ってもらって恩返しができないわ」

「すでに一生分の恩はいただいております。アリー様がこの土地を好きなように、私もここの水が合うのです」

エレノアは武門の名家であるレンズビー伯爵家の五女だ。兄が三人、姉が四人。エメレットに嫁いだ後に末の弟が生まれた私と違って、正真正銘の末っ子だ。エレノアは年齢的にはグルナネット姉様のお世話人になるはずだったけれど、姉様主催のお茶会で、具合が悪くなってしまった私を介抱してくれたのがエレノアなのだ。

「何もしていないわ。助けてもらいっぱなしよ」

「私をおそばに置いてくださいました」

名家で健康体、しかも上のきょうだいたちはすぐに子に恵まれるという多産家系の折り紙付き。どこにも出すことはできないと籠の鳥扱いだった私と比べて、エレノアには縁談が引く手あまただった。

「この、私のような粗忽者を……」

けれどエレノアの体に宿っていたのは令嬢ではなくて、父方から受け継いだ頑固で自立心の高い魂。ひらひらしたドレスを着て蝶のように舞い、子猫のように愛玩されることをよしとしなくて、動きやすい衣服に身を包み、剣を使い、馬に乗り、長い髪を結うこともしない。

彼女がいつまでもそうしたいと願っていることを知った私は、エレノアと共謀することにした。

「エレノアは私の騎士様だから！」

と私が駄々をこねると、レンズビー伯爵家は多くいた子どもの一人を王女の側仕えとして王家に差し出すことを決めた。そうして私たちの、少し年の離れた友人関係が始まったのだ。

私の結婚が決まった時もエレノアは私についていくと言って、レンズビー伯爵家は王家への果てない忠誠心を示すために、立候補した娘を止めることはしなかった。

一応「お前は殿下の墓守になって一生を終えるつもりか？」「はい」のやり取りがあって、エレノアはそれを令嬢としての自分の死だと結論付けているらしく、こちらで結婚して骨をうずめる覚悟のようだ。

そんな感じで、私とエレノアはこうして今日も楽しく暮らしている。……彼女の結婚を妨げているのは他でもない私とカシウスなのだけれど。

「粗忽だとは思わないけれど、頑固ではあるわよね」

「そんな……アリー様の方が、頑固です」

「そんなことないわ。私なんてこのあたりで五、六番目といったところね」

ひい、ふう、みいと、エレノアは数えてから、むうとうなずいた。

「確かに」

「ねえ、ちょっとその順位を教えてもらえる?」

「……ささ、今夜の業務を済ませてしまいましょう。アリー様にはお子の教育という仕事が増えたのですから。もう夜更かしはできません」

エレノアがテーブルに沢山並べられている林檎ワインの瓶に手をかけた。

「ええ。エレノア、お願いするわね」

エレノアは栓抜きでコルクを引きぬいて、大きめのグラスに三分の一ほど注いだ。


「うーん。例年より少し甘味が薄いですね。日照不足のせいでしょうか」

「報告書の通りね」

ぺらぺらと、林檎ワインに付けられた報告書の内容を確認する。エメレットでは農作物、そしてお酒の生産が盛んだ。冬は雪に覆われてしまうため、家の中でお酒を飲む人が多いのと、建国の大精霊ユリーシャが巫女カリナの仕込んだお酒が何よりも好きだったから、エメレットの地に住まう人は皆お酒造りをするようになって、今日に至っている。

「格付けが落ちてしまうかしら?」

「今年度だけですから。チェックだけ入れられて、次年度以降要確認というところでしょうか。ま、渋みが好きという人種もおりますから、売り出し方を変えれば特に出荷量は下がらないかと」

各醸造所から提出された酒の現物と、向こうがまとめてきた報告書を確認し、内容に相違がないか、エメレット伯爵家の家紋をつけて売り出すにふさわしい品質、供給量が保たれているか——最終確認をするのは領主の役目だ。

この国では十四歳から飲酒が可能だけれど、私は医師からあまり飲んではいけないと言われているので、ほんの少し薬用酒をたしなむだけだ。

「ああ、それにしても。何処の醸造所も、エメレットの酒はすばらしいです！」

おつまみとしてクラッカーにチーズを乗せたものを食べて、エレノアは満足そうに頷いた。

「あなたがそう言ってくれるなら心配はないわ」

こうして酒の味を確認するのは、もっぱらエレノアの役目だ。料理人などに対応をお願いすることもあるけれど、エレノアは名家の出だけあって教養があり、味覚も確か。……本当に、エレノアには甘えて、いろんな仕事をこなしてもらっているのだ。

「いつもありがとう」

「いえ、これは仕事ではなくただの遊興ですので」

エレノアはくいっと林檎ワインのグラスをあおった。味見が終わったものは下げ渡して、使用人の皆が裏で消費する。

「あと、七本というところですかね」

「ええ、よろしく頼むわ。……ダニエラ、来ないわね？」

ダニエラが次の冷やしたワインを持ってきて、残った瓶を下げる手筈になっている。けれど彼女はまだやってこない。

「まあ、時間はまだあります。アリー様もどうですか、お一つ」

「じゃあ、一口だけ……」

「このクリームチーズと生ハムと桃のサラダには、もう少し辛いものが合いそうですが……」

テーブルの上には甘くて、柔らかくて、おしゃれで気が利いているおつまみが沢山出されている。

カシウスがメモをして送ってきたものをこちらで再現して、エメレットでの流行がつくられていくのだ。彼がこの土地を離れてしまったことを年老いた人達は残念がるけれど、まだ若いうちに外の世界を見ておくことは、長期的に見るとエメレットにとってはプラスになると私は思っている。

……妻を放置したままで、手紙と物を送ってくるだけなのはいただけないけれど。

「これ、ノエルが好きそうだわ」

「またそれですか？」

グラス越しにエレノアが小さく笑うと、遠くからダニエラの声が聞こえてきた。

『まあ、お嬢様、ダメですよ。奥様はお仕事をなさっているのですから……眠れなくても、大人しくしていただかないと。まったく、ラナときたら何をしているのか……あ、開けてはダメです！』

ダニエラの制止を振り切って、ドアを開けたのは。

「あー、やっぱり、ノエルにかくれて、お酒、飲んでるっ！」

静かな夜にそぐわない大きな声を上げたのはノエルだ。

「ずるいずるい、ノエルにもちょうだいっ！」

寝間着姿のノエルはたーっとエレノアに駆け寄って、ワイングラスに手を伸ばした。

「ダメだ！」

「けち！」

「ケチとかそいういう問題ではない。子どもは飲酒禁止だし、何より寝る時間だ」

ぷくーっと頬を膨らませたノエルは、まるで子リスのように愛らしい。いいえ、それは嘘。ノエルの方がかわいいわ……。

「ノエルもりんごのお酒、飲みたい」

「ダメですよ。ノエルお嬢様は勝手にお部屋から出てきたでしょう。悪い子にはいいものをあげないのですよ」

ダニエラにもぴしゃりと言われて、ノエルはしゅんとしてしまった。

「ノエル、大きくなればよかった～」

「はいはい、そうだな」

エレノアはテーブルの上に乗っていたオードブルの皿をそっと中心へずらした。ノエルの身長だと、まだテーブルの上に何が乗っているかまでは分からないのだろう。歯磨きをしたあとで「じゃあかわりにおつまみだけ食べさせて」と言われないように、隠そうとしているのだ。

「ノエル、部屋へ戻りましょう」

エレノアの膝にすがりつくノエルの脇の下に手を差し入れて、彼女を引き剥がそうとする。私には幼児をだっこして寝室まで連れていく力がない。

だから、ノエルをちょっと動かすことができれば、それでよかった。

「ノエ……!?」

私は自分で自分にびっくりした。ノエルの体がいとも簡単に、持ち上がってしまったのだ。

「……!?」

「あ、アリー様!?」

さすがのエレノアも、私が軽々と自分の目線の高さまでノエルを持ち上げたことに驚いている。

「おっと」

ノエルが声を発した瞬間に腕に重さが戻って、私はノエルを落としてしまった。けれどノエルはなんてことのないようにすとっと床に降り立って、テーブルにしがみついた。

「いま、おいしそうなのがみえた！」

「気のせいだろう」

「みえた！　白くて柔らかいチーズに、トマトと、オリーブオイルをかけたのと、はちみつに木の実まぜたのと、透明でうすいお肉みたいなのと、お肉の塊と、ぶどうと……！」

絶対においしいものがテーブルの上に置いてあるのだと、ノエルは譲らない。

「これはな、大人の食べ物だから」

「おいしいのにおとなもこどももかんけーないっ」

「だめだ」

「おねがぁい……！」

ノエルは目新しい食べ物に夢中になってしまっているようだ。必殺の、太陽のようなにこにこ笑顔は幼少期のカシウスになんの思い入れもないエレノアには全く通じない。

「奥様。場所を替えましょうか」

「ええ……」

ダニエラの提案はもっともだった。エレノアにまぶしい笑顔は通じないと悟ったのか、ノエルが私にすがりついてくる。

「アリエノール……」

「うっ……」

その緑の瞳で、まっすぐに見上げられると、しっかり厳しく育てなくてはと思う決心が揺らぐ。

「ノエルね……」

「ダメですよ、アリー様！」

「そうですよ、子どもってのは、分かっていないようで分かっているんですからね！」

その子は結構ずる賢いんですよ……だなんて、エレノアとダニエラに言われなくても私だってそのぐらい、分かっているつもり。……分かっているつもりではあるのよ。

「ノエルはね……」

「アリエノールといっしょに、よるのうたげ、したいな……」

潤んだ目で上目遣いをされて、きゅうううううん。と心臓が縮むような気持ちになったのは、多分、悪いことではないと思う。

「……いいわ」

甘やかしては、駄目だってわかっている。私はダメな大人。でも……かわいさには抗えないのだから、仕方がないじゃない？

「お酒じゃなくて、ジュースならいいわ。でも、一杯だけよ？」

「あい。りんご！」

「林檎はないわ」

「なんでぇ」

「季節ではないからよ。今の季節は、桃よ」

「もも！　こけもも？」

「いいえ、桃よ。絞ってもらいましょうね」

ノエルはうれしそうに笑った。

「はい、どうぞ。……飲んだ後は、きちんと歯磨きからやり直すんですよ？」

「はい」

ダニエラに念押しされて、ノエルは心ここにあらずといった返事をした。視線はまっすぐに、コップの中の桃ジュースに注がれている。

ノエルはおいしそうに桃のジュースを一口……いや、一息に飲み干して、テーブルにごんっと音を立ててコップを置いた。

「おいしいっ！　もっと飲みたい」

「だめよ」

「おねがい、おねがい」

うるっとした目で見つめられると、どうにも決心がゆらぐ。

「……だ、だめよ」

「じゃあ、たべもの食べる。このうすいおにく！」

ノエルはテーブルの上に置いてあったオードブルに手を伸ばす。そこには一枚だけ生ハムが残っていて、ノエルは小さな手でフォークを持ち、器用に生ハムをすくいあげて、ハム越しに私を見つめる。

「お肉があってもー、ノエルにはアリエノールがおみとおしなの」

「ふふ……」

ノエルのちょっと大人びた言動を、今か今かと心待ちにしている自分がいる。

「アリー様、甘やかしてはだめですよ」

「でも、こんなに楽しいこと、ダメと言うのはかわいそうだわ。今日だけよ」

「……まあ、エメレット伯爵が戻ってくればこうはいかないでしょうから、先に楽しんでおこうと思うのは理に適っていると思いますが」

「たのしもー」

生ハムがなくなってしまったので原木を持ってきてとダニエラに声をかけると、ノエルが首をかしげた。

「げんぼく……？　お肉は木にならない」

「そうね、本当は木じゃないの。でも、まるで木みたいだからそう呼ぶのよ」

ダニエラがカートに載せてきた生ハムの原木を見て、ノエルは目を輝かせた。

「これ、ぜんぶお肉なの！」

部屋に持って帰りたいと興奮するノエルを宥めて、何枚か切り取る。

「今日はこれだけよ」

「はい」

流石にこれ以上はごねても無理だと思ったのか、ノエルは生ハムの端っこをゆっくりとかじっていて、いつまでも眺められると思った。


ノエルの歯磨きを済ませ、手を繋いで寝室に戻るとラナが枕に顔を埋めてすやすやと眠っていた。

……大分熟睡しているようで、入室にも気が付かないようだ。

「ラナ……大丈夫？」

「はっ、お、奥様っ！　も、も、申し訳ありませんっ、あたしっ」

肩を叩くと、ラナがまるで魔法が解けたみたいに、がばりと起き上がった。

「大丈夫よ、疲れていたのね」

失敗してしまったとぐすぐすと涙ぐむラナを慰めてから下がらせる。ノエルに寄り添って絵本を読んでいるうちに、眠くなってしまったのだろう。

「ラナはさいしょから眠そうだったから」

だから寝てしまったところを置き去りにされたのだろう。

「お姉さんに子どもが二人生まれたばかりだから、一緒に赤ちゃんのお世話をしていて、眠いのよね」

「アリエノールが赤ちゃんすきなら、ノエルも赤ちゃんになろうかな」

「赤ちゃんはいろんなものが食べられないし、つまらないと思うわよ」

「うん。ノエル、赤ちゃんだったころ、つまんなかった。カシウスしかお話ししてくれないし……」

カシウス。

あの無口な人が、小さい、言葉を発さないノエルに向かって一生懸命に話しかける。

そんなところが想像できない。けれどノエルは確実にカシウスのことを私より知っている。私の知らない所で、二人で会っていた。二人には私の知らない面がある。それがとても、私には悔しいのだ……。

「アリエノール？」

ノエルがきゅっと、私の手を握った。

「なんでもないわ。私、お手紙を書くから、先に寝てくれる？」

「はぁい」

ノエルがごそごそと布団に潜り込むのを確認してから、ランプに火を灯す。カシウスに今日の報告がてら手紙を書こうと思う。

……けれど、筆が全く進まない。

——ムカムカしているのだ、私は！

物事を深く考える体力がついてきて、私は初めて「自分が結構、怒っている」ことを自覚した。この感情は、あるいは妬みというのかもしれない。それがカシウスに対してなのか、ノエルに対してなのか、私には判別がつかない。

「アリエノール、そんなにむずかしいお手紙書いてるの？」

何を書こうかうんうんと唸っていると、ノエルが心配そうに声をかけてきた。

「……そうねぇ。書くの、やめようかしら」

「書いてあげたほうがいいよ。お手紙、言霊のかわり。カシウスはエメレットからの手紙を待っている……」

ノエルはそれだけ言うと、こっくりこっくり、座ったまま船をこぎ始めた。

……カシウスが、私からの手紙を待っている？

そんなことはない、あくまで義務的なものだとずっと思っていたけれど。ノエルが言うと、なんだかそんな気がしてきて、すらすらと手紙を書くことができた。

九章　アリエノールとカシウス

『アリー様、お労しや……』

今より若い少女時代のエレノアが、ぐしゃぐしゃになったハンカチで涙を拭っている。

どうやら夢の中で過去を思い出しているみたい。きっとカシウスへ手紙を書いたせいだろう。夢を夢だと思って俯瞰して眺めることが、最近は多くなった気がする。

……これは、多分エメレットに嫁いできてしばらく経った頃かしら。

『仕方のないことだとは思うわ。いいのよ、べつに』

か細い私の声は、明らかに強がっている。

「急に甥っ子を引き取ることになったからその養育のためとか、母親の急病だの……皆、アリー様の広いお心にすがって、職務放棄をして。嘆かわしいことです」

「別に理由なんてなくたって、好きな所で暮らすことができるようにすべきだわ。私はセファイア王国は、そういう国であるべきだと思うの」

「しかし……」

私の輿入れには大勢の付き人たちが同行していた。けれど王都育ちの人々にとってエメレットは田舎すぎたのか、それとも法律によって押し付けられたお飾りの妻が実権を握るだろうことをよしとしなかった現地住民の無言の反発に疲れてしまったのか——エメレットの住民と、王都からの移住組はなかなか馴染むことが出来なかった。

両親やきょうだいが早々に王都に戻ってしまったこともあって、この死にぞこないの王女の世話をしていても意味がないのだと、すぐに娯楽の多い王都へと帰りたがる人が増えた。

「皆、たたりが怖いのよ」

最近この近辺でまことしやかに囁かれているのは『精霊が信心の薄い人間が押し寄せてきたことに怒って、森を出て、人々をたたり始めた』という噂。

長い時の中で精霊信仰は薄れ、セファイアの人々は大精霊ユリーシャによってこの土地を与えられたことを忘れてしまい、エメレットの人々だけが精霊を信仰し続けていたのだ。

ことの発端は、結婚式の前に精霊の森にある神殿を訪れた父であるセファイア王の髪の毛が突然大量に抜け始めたというもの。

王家に代々薄毛の人はおらず、父も豊かな毛量を誇っていたものだけれど、数日のうちに入浴時や枕に抜け毛が大量にあるのを見て『やはり精霊様は我らを許してくださらないのだ』と恐れおののいて、さっさと帰都してしまったのだ。

それがまずかった。

エメレットに残された移住組は不安になり、よなよな『窓の外に恐ろしい魔物がいるのを見た』『出ていけと、耳元で囁く声が聞こえる』等の噂が飛び交い始めてしまった。

恐怖が伝染するというのは本当のことらしい。一人がそう言い出せば他の人間もそうかもしれないと思ってしまうものだ。

それに、実際に精霊は存在するのだ。私がいくら大丈夫よと言っても意味のないことだ。

「いいのよ。……誰が暇を申し出たの？　紹介状を書くわ」

「アリー様……」

「私にはエレノアがいてくれるから、いいのよ」

そう口にすると、いつもエレノアの凛々しい顔はくしゃくしゃになった。

「でも、エレノアだって帰りたくなったらいつでも帰っていいのよ」

「そ、そんな……！　私は帰りません！」

「ご実家も心配されているのではないかしら？」

エレノアは口にはしないけれど、私がここで人生を終えた時には、墓守として残るつもりのようだ。

「そんな、うちなど子どもが余っているぐらいですし」

「何人いたって、多すぎるということはないわ」

私の言葉に、エレノアは顔をしかめた。無事に生まれても、大人になれない場合も多々あるのだと、私とエメレットの人々は実感している。

「……私が死にでもしたら、さらに恐れる人が増えるのでしょうね」

「そんな悲しいことを仰るのはおやめくださいー」

ため息をつくと、エレノアはまた泣き出すのだった。


「今日付で三人が退職しましたの」

「そうですか。それは残念な話です。残りは何人でしたか」

夕食の席で、カシウスは静かに返事をした。

「五人よ」

「長くここに住む覚悟があるのは、そのくらいでしょうね」

「私の仕事が終わったあともエメレットで過ごしたいという者がいたら、面倒を見てあげてくれます？」

「お約束しましょう」

食事の時のカシウスは無表情で、ホワイトアスパラのソテーを食べていたのをよく覚えている。

……今思い返しても、野菜がものすごく嫌いな人には見えない。徹底的な鉄面皮ということかしら。

「侍女がやめてしまったのでは、あなたのお世話係ができそうな人材は残っておりませんね。こちらで信頼できるものを手配しましょう」

「年の近い子がいいわ」

「姫の世話係を経験の浅いものに任せられません」

「違うわ。私が、教育するのよ」

カシウスは少しだけ驚いたように、目線をスープから上げた。……ああ、こうして見ると、やっぱりノエルはあどけなさがあった時代のカシウスにそっくりだ、まるで記憶の中からそのまま引っ張り出してきたみたいに。

「私がどこに出しても恥ずかしくないように、新人の子を教育してあげるわ」

子どもらしい傲慢さに、カシウスは気を悪くしたようには見えなかった。

「では、マルティーヌはどうでしょう」

「どんな子？」

「あなたより二歳年上で、五歳離れた妹がいます。年の割にはしっかりしていますよ」

年若くして仕事をせざるを得ない環境に置かれているのは私だけではなかった。畑も、牧場も、家も、人手がないと維持することはできない。この頃のエメレットは老人も子どもも、現状を維持するために駆り出されていて、屋敷の中は若い人だらけだった。

「ありがとう」

「お礼を言うのはこちらの方です。……これも全てエメレットに価値がない、住みにくい所だと思わせてしまったこちらの責任なのですから」

「そういうの、いやだわ」

「申し訳ありません」

……カシウスはいつも、申し訳なさそうにしている。申し訳ないか、悲しいか、ちょっと怒っているかのどれかで、私はなんとか彼の機嫌を取ろうとして、いつもうまくできなかった……気がする。

「とはいえ、あくまでも繋ぎです。代わりの人員を手配していただけるように、エメレット家からもご連絡しましょう」

「不要よ」

私が言えば、次々に人員が補充されるのだろう。けれど、第一陣で立候補してこなかった人が、配置移動で今更喜んで来てくれるとは思えない。

「その、マルティーヌという子になんとかしてもらうわ」

「では、奥様。明日から、精一杯、がんばり、ます」

夕食後、急に呼び出されたマルティーヌはぶかぶかのメイド服を着て私の前に現れた。二つ上と聞かされていたけれど、彼女は随分と大きく見えた。

「よろしくね、マルティーヌ」

「ああ、あの、奥様と、エレノア様が直々にあたしを教育してくださると、坊ちゃまから聞きまして……あ、いえ、旦那様、です」

失礼いたしましたとマルティーヌは勢いよく、床に頭を打ち付けそうな勢いで礼をした。

「カシウスが坊ちゃまなら、私だって奥様とは言いがたいわよね」

この頃の私はアリエノール様、姫君、殿下、お姫さん……私がいない所で奥様と呼んでいる人はごく少数、あるいは皆無だった気がする。

「あ、は、はい。いえその」

「いいのよ。私のことはアリーと呼んでちょうだい」

「で、でも、それはあ、あの、エレノア様だけの」

「別にそんなことを気にするような人ではないわ」

「で、では、アリー様、よろしくお願いします」

マルティーヌはとても素直な子で、色々話を聞かせてくれた。小さな妹がいて、疫病で父親を失ってしまったこと、五歳年下の妹の名前はラナと言って、私の所に働きにいくのだと聞いてうらやましがっていたこと、ここに来る前は調理場で下働きをしていたこと。

「今までより家に戻るのが遅くなってしまうけれど、大丈夫？」

「はい。あたしは、お化けは怖くないので」

「そうなの？」

屋敷内でお化けの目撃情報は多数あって、マルティーヌもその一人だと言う。

「あれは、お化けじゃないと思うんです」

多分、もっといいものだとマルティーヌは言う。

「アリー様は見たことがありますか？」

「いいえ」

ゆっくりと首を振ると、マルティーヌは残念そうな顔をしていた。

「けっこう、いるんですよ。夜お手洗いに行くときとか、廊下にふよふよしてて」

「そんなに簡単に見つかるの？」

「はい。不思議ですね、魔力もないのに」

魔力がない人は、よほど精霊が強い力を持っていない限り、その姿を見ることは叶わないと聞く。けれどエメレットはその土地柄のせいか、存在だけは感じ取ることができる人が結構な割合でいるらしい。

「なんて言うのかな……お父さんが近くで見てくれているような気がして、なんだかやさしい気持ちになります」

マルティーヌが言うには、霊は霊でも私達に危害を加える様子はないのだという。それを皆が勝手に怖がっているのだと彼女は思っているらしかった。

「それをみなさんにお伝えできれば、王都に帰らなかったかもしれません……」

「問題はそれだけではないのよ……」

しゅんとしたマルティーヌをなだめているうちに、私は一つのお楽しみを思いついてしまった。

「ねえ、マルティーヌ。せっかくだから、私も見てみたいわ」

「お化けをですか?」

「ええ」

今更、残っているのはお化けだろうが精霊だろうがどうとも思わない人ばかり。単純に、私もそのお化けを見てみたいと思ったのだ。

「あ、あの、でもあの、あたしは奥様のお世話を」

「じゃあ、ついてきて」

「わわわ、わかりました」


夜更けにぱっちりと目が覚めた。どうせ夜中には何度か覚醒するのだけれど、その時はなんだか妙にすっきりしていて、きっとお化けが見つかるはずと確信めいた予感があったことを覚えている。

「起きて、マルティーヌ」

「ふあ……」

そばに控えさせていたマルティーヌはぐっすりと眠り込んでいて、睡眠中でもささいな物音がすれば誰でも目覚めるはずだと思っていたのが違って、驚いた。

マルティーヌを諦めて一人で廊下に出てみると、とてもわくわくした。そっと勝手口から外に出て森の木々が風で揺れる音や鳥の声に耳をすませていると、どこかから男女が会話をしているような声が聞こえてくる。

——誰かしらと、どきどきしながら近づいてみると……。

「お前、もう一度、言ってみろっ！」

エレノアがレイナルトの襟元を掴んで、唾がかかりそうなほど顔を近づけて、怒鳴っていた。

この頃のエレノアとレイナルトは仲が悪かった。いいえ、まだ仲が良くなかったと言うべきだろうか。当時の私に「この二人は結婚を考える仲になるのよ！」とささやきかけても、多分信じないだろう。

とんでもないところに遭遇してしまったと、私は一人で震え上がった。エレノアはすぐ感情を表に出すけれど、こんなに怒っている所は今までに見聞きしたことがなかったから。

「何度でも言ってやるよ。姫様にあまり構い過ぎるなというのが旦那様の命令だってな。俺たちはそれを忠実に守っているだけだ」

レイナルトだって私の前ではにこやかで、物腰が柔らかくてがさつな雰囲気はなかった。二人が私の知らない所で会話をしている。盗み聞きなんていけないことだとわかっていても、子どもの私には、お兄さんとお姉さんの年齢の二人が夜にこっそり話をしていることに、どうしようもなく興味を引かれてしまった。……もう一つ言い訳をしておくと、私の話だったこともあるし。

「エメレット伯爵がそんなことを⁉」

「そうだ。……姫様はエメレット存続のためにひとときお借りしただけで、すぐ王都に戻るのだからあまり話しかけるな、情が湧いても特に良いことはないからと」

「アリー様はあのお年で家族から離れて嫁がされ、それでも気丈に振る舞われているのに、それを、あいつは……！」

多分エレノアは泣いてしまったのだろう、レイナルトから離れて、ハンカチで涙を拭く気配がした。

「照れ隠しなだけで、本当はあの男もなんだかんだとアリー様のことを大事に思ってはいるが、田舎者だから感情表現が下手なだけだと思っていたのに……」

「妹ぐらいには大事にしてるだろ、相当に」

「妹なら王都に追い返そうとしないだろう！」

「するだろ。そっちの方が幸せだと思えるなら」

「む。……それは、アリー様の田舎暮らしが可哀想だから、わざと冷たくして追い返そうとしているとでも言いたいのか？」

「お前、馬鹿なのかまともなのかどっちかにしろよ……それは、あくまで俺の仮説な」

「レイナルト。お前、ちょっと伯爵に聞いてこい」

「なんでだよ。無理だよ」

「友人だろう」

「男同士ってのは、なんでもかんでもきゃっきゃ相談しないもんなの」

「それはコミュニケーション能力の欠如というものでは？」

「失礼な奴だな……王都の貴族ってのはどいつもこいつもそんなんなのか？」

「王都の奴らは私よりもっとひどいぞ」

「最悪だ……」

レイナルトが最悪だと言った瞬間に、まるで同意するかのように強い風が吹いて、月明かりの下で落葉が舞った。

「……今夜は冷える。戻るぞ」

「言われなくても」

二人が急に話を切り上げて、私の方に向かってきた。当然その動きに対応出来るはずもなく、二人はあっと言う間に私を見つけて、気まずそうな顔をした。

「アリー様……！」

エレノアの背後にいたレイナルトの「うげっ」とした顔は今でもはっきりと思い出せる。ほら、夢の中でもこんなにくっきりはっきり。

「私は、王都には戻らないわ。見くびらないで」

「……し、失礼いたしました」

「今度……カシウスの話を聞かせてくれる？」

「よ、呼んできましょうか。今から……」

「アリー様、エメレット伯爵についての話は後日。それより、こんなところで何をしていたのですか。お散歩なら今度からは私に声をかけてくださいませ」

「お化けを捜していたの。二人は見たことがある？」

「いえ……」

「あれはお化けではないですよ。いえ、俺は見てないですが。カシウスがそう言っていたから」

カシウスはこの騒ぎについて認識していて、正体も分かっているのに、それを放置していたということ？

考えこんでいると、私とエレノアの間を緑の光が横切っていった。


……いた！


「？」

「何かいましたか？」

どうやら光は二人には見えていないようだった。そのままふよふよと、敷地内にある礼拝堂へと入っていく。

「ねえ、今お化けがいたわ。ちょっと、二人で追いかけてきて」

『見えていないのにですか⁉』

二人の声が綺麗に揃った。

「ええ。これは命令、よ」

私はあえて明後日の方向を指さした。二人は月明かりの下、神妙な顔で何もない場所を睨んでいる。

「とりあえず行って参ります。ここでお待ちいただけますか？」

「ええ」

「行くぞ」

「わぁったよ。虫取り網いるか？」

「それもありかもしれないな……」

去っていく二人の背中を見て、なんだか仲良くなれそうな予感がするわと思った。


「さて」

私は一人、頼りない緑の光を追いかけて礼拝堂の中に入った。

「……こんな夜更けにどうしましたか、アリエノール」

中に人が居るとは思っていなくて硬直してしまったけれど、緑の光に取り囲まれているのは私の夫であるカシウスだった。手のひらの上にはひときわ輝く小さな緑の光の玉が、まるで炎のようにふわふわと不安定にゆらめいている。

「あなたこそ」

「外の二人に会いました？」

……どうやら、カシウスは出るに出られない状況だったみたい。

「喧嘩を止めてくれればよかったのに」

「あれは喧嘩じゃないですよ」

「じ、じゃあ……デート？」

「さあ。二人の仲が気になって、夜に一人で出歩いていたんですか？」

緑の光がふよふよと逃げだそうとしたけれど、カシウスは手のひらの中に光を閉じ込めてしまった。

「調査よ」

「これのですか？」

「私だって、屋敷の人が怯えて困っていたら、何かしてあげたいと思うわ。魔力があるのは私とあなただけだし……」

「悪いものではありませんよ。ついてきてください」

やはり、エメレットの人々にとってはこの光は恐怖の対象ではないらしい。

カシウスの後ろを、黙って付いていく。外に出たカシウスが手を離すと、光はふらふらしながら、森へと向かっていった。

「これは精霊の思念の欠片です」

「精霊ではないの？」

「ええ。精霊の「もと」になるものです。大精霊ユリーシャは長い時を経て滅び、そこからまた次の精霊たちを統べるものが生まれる。今、それが始まりかけている。だから人間の気配にひかれて、夜ごと屋敷に訪れていたのでしょう。……昼間は、気が付かないだけかと」

カシウスが語る内容は、家庭教師や書物からはもたらされない情報だ。……城の、禁書室にはあるのかもしれないけれど。

「どこかにそういうことが書いてある本があるの？」

「いいえ」

「じゃあ、どうして……」

「エメレット伯爵家の人間には、精霊が教えてくれます」

「……それは、私は……エメレット伯爵家の人間ではないから……精霊は話しかけてくれないの？」

「そうですね。あなたは王家の人間で、精霊に嫌われているから。森には入らないでください」

すぱっと言われて、少しショックだった。一応妻なのに。

「で、でも……私は……私の、ご先祖様の初代国王は、巫女カリナの実の兄なのよ。そう考えると、私にだって、ちょっとは精霊に好かれてもいい素質があると思うの……あ、でも、王家が精霊の怒りに触れたから私が……」

「別に精霊が王家を呪ったから、あなたが病弱な訳ではない。陛下の思いこみですよ」

精霊のことに関してはカシウスの発言が全面的に正しいのだと、直感的に信じられた。

「それならお化けというのも皆の勘違いなのね。そう言ってくれれば、もう何人かは残ったのかもしれないのに……」

「俺はこの場所でしか暮らしたことがないけれど、少し独特な地域だというのはわかります」

王都からの移住者が減るなら、それはそれで好都合だった――とカシウスは言う。

「精霊の代替わりがきちんとなされていれば、疫病は流行しなかったかもしれない。でも、そもそも精霊が力を失ってしまったのは、信仰が――正しく精霊を敬い、必要とする心が不足していたからかもしれない」

「そんな……」

「精霊が人間たちを見捨てるかどうか。今こうして人に触れ、知り、それでも決めかねている最中なのかもしれないと思っています」

だからこれに触れるのは少ない人数でいいのだとカシウスは言う。

「でも次の精霊は、ユリーシャと似ている、けれど異なる存在なのでしょう。だから難しいことは考えていなくて、ただ、寂しいだけなのかも」

「寂しい？」

「ええ。きっと、一人が嫌なのだと思うわ」

「そうですね」

カシウスは言葉を切って、夜空を見上げた。

「俺も、一人は嫌です」

「でも、私のことはいらないの？」

カシウスは上を見上げたまま、視線を私に戻さなかった。

「形ばかりの結婚をして、爵位を継いだ今。この後どうなろうとも、爵位を没収されることはないでしょう。だからあなたも、ここから離れてもかまわない。エメレットのことはエメレットの民のみで解決すべきことだから」

「言ったでしょう、私だって半端な覚悟でここに嫁いできたわけじゃないわ」

「王命でしょう？」

「そ、それはそうだけれど。私はここにいたいの。その権利があるはずよ」

「俺は……あなたはここから帰るべきだと思う。あなたは自分の責任を果たせないから、自分に与えられた最後の仕事をこなそうと考えているのかもしれないが、きっと他にも、できることがあるはずだ」

「いいえ。そんなことないわ。私はここで生きて、死ぬの」

「あなたは強情な人だ。……なら、いたいだけ、ここにいればいい」

「本当？」

「嘘も本当もありません」

「よかったわ。領主権限で追い出されそうになったら、あなたの秘密を片っ端から喋ってまわらないといけないところだったの」

「秘密？」

「結構泣き虫だってこと、知っているんだから」

強がりな言葉に、カシウスは、珍しく笑った。

カシウスが笑ったのを見たのは、あれが二回目だったかもしれない。

彼はあんなに、エメレットを愛していたのに。

一人は悲しく、辛いことだと私に言ったのに。

どうして彼は愛するものをすべて置き去りにして、エメレットを離れて、ずっと戻ってこないのだろう――？


「アリエノール、泣いてる？」

ノエルがハンカチで私の涙を拭いてくれていた。暗闇の中でも、ノエルのやさしい緑の瞳がこちらを見つめているのを感じる。

「大丈夫よ、さみしくなってしまったの」

「カシウスがいないから？」

「そうね……私ね、最初、精霊にも、カシウスにも嫌われていて」

「精霊はそうかもしれないけど、カシウスはそうじゃないよ」

「なら、どうして戻ってこないの？」

でも、そうしたらノエルには会えなかったのだ。私がここを離れていればカシウスは戻ってきて、ノエルとノエルの母親と三人で暮らせたのかもしれないと、胸にじゅくじゅくとした痛みがあって、でもそれを無視して、ノエルからの愛情を一身に受けて、いいとこどりをしようとしている。

こんな私には、いつか天罰が下るかもしれない。

「ノエルはね……ノエルだけはね、ほんとのこと、知ってるの……」

「じゃあ、教えてよ……本当のこと、全部」

「それはね、まだ、ノエルには言えないよ……」

ノエルに頭を撫でられて、私は今度こそ深い眠りに落ちていった。

十章　令嬢教育はなかなか困難です

ノエルが私の元にやってきてちょうど一月《ひとつき》が経過した。

彼女が現れてから毎日、目が回るほど忙しくて、そして楽しい。

今までは夜が来るたびに不安な気持ちになっていたものだ。少し咳をすると薬師が飛んでくるし、いつも死の影に怯えていて、そのくせ私はそんなこと気にしていないのよと虚勢を張っていた。

くるくると変わるノエルの表情を眺めていると、なんだかわけもなく笑いたくなってくる時の方が多くて、体のことを忘れてしまうし、実際すこぶる体調がよいのだ。

秋になってカシウスが帰ってきてつやつやと血色の良い私を見たならば、驚いて腰を抜かすかもしれない。なんて想像すると、少しだけ胸がすっとする。

「ノエル、絵本を読んでくれないかしら？」

朝は忙しい。食事を終え、仕事前のわずかなひとときが私とノエルが一緒にいられる時間だ。

……ということになっているというだけで、実際はノエルが様子を見に頻繁に私の元を訪れてくれるのだけれど。

私が差し出した絵本を見て、ノエルは眉をひそめた。

「ノエルはもっとおとなの本がいいかな。アリエノールが難しいおはなし、好きならだけど」

ノエルの大人びた言動には本当に驚かされる。……時々、そんなはずもないのに彼女が私よりずっと色々なことを知っていて、未熟な私を見守ってくれている……そんな気さえ、してしまうのだ。

「あら。私、難しいお話は得意よ」

「アリエノール、ノエルよりお勉強とくい？」

得意？　と聞かれて、少し言葉に詰まってしまった。

「うーん……私、学校に通ったことがないから、どうかしら」

姫様は大層知性がおありですと家庭教師はよく私を褒めてくれた。でも、私は上のグルナネット姉様がもっと厳しくしごかれていたのを知っているから『このくらいでいいか』と妥協されていた可能性は否めないと思っている。

「へいき。ノエルもないよ」

「そ、そうね……」

ノエルに気の毒そうに励まされてしまった。

城でもエメレットでもずっと家庭教師をつけてもらっていて、貴族の子女が通う学校にも行ったことがなかった。エレノアやグルナネット姉様の話している内容が理解できなかった私が、とっても寂しくて学校に行きたいと駄々をこねて、熱を出して寝込んでしまったことがあるのは、ノエルにはなんだか言い出せない……。

「カシウスは？　学校いった？」

どうやらノエルは学校に興味があるみたいだ。

「地元の学校を飛び級で卒業して、王都に編入して、一年で課題を全部終えて卒業したらしいわ」

らしいわとしか言えないのは事実を示す書類が保管のために送られてきただけで、彼のことを誰も見ていないからだ。でも、ルベルが若干嫌そうに『彼はとっても優秀なんだ。故郷のことを頭から全部追い出したから、その分試験勉強のしがいがあるらしい』と語っていたから、カシウスが真面目で勤勉だというのは向こうでも共通認識のようだ。

「ふーん。まじめなんだね」

「そうよ。カシウスは真面目なのよ。とってもね」

「カシウス、学校たのしくないから急いでたのかな？」

「楽しいことは楽しいんじゃないかしら？」

「たのしいのかな」

「そう思うわ。私も、通ってみたかったもの」

「今から通えばいいとおもうよ。おおきい子の学校あるって、ラナが言ってた」

エメレットの若い人は学校に行くのを切り上げて、一家の大黒柱として働きに出た人が多い。カシウスが王都に行く前に『それでは領地の力が低下する』ということで、昼に働いている人でも通える夜間の学校を開設した。

今ではそこの卒業生が多くなり、識字率は持ち直した。

私は名目上は、そこの校長先生ということになっている。……学校に通ったこともない人が校長先生だというのは、公然の秘密だ。

……私が生徒にまざって、教室の小さな机の前に神妙な顔で座るところを想像してみた。それはちょっと、かなり恥ずかしいかもしれない……。

「やめておくわ……」

「そう？　ノエルのことは気にしないで、行きたくなったら行っていいよ」

「私より……」

ノエルもいつかは学校に行くはずだと、今になって思い至る。

カシウスにレイナルトがいて、私にエレノアがいるように、家族以外の人間と関わって友人をつくることはノエルの人生において必ず必要だ。

ノエルの友人となるべき人物は、理論上はもうこのエメレットに生まれているはずなのだし。

「より？」

「ねぇ、ちょっとここで本を読んでいてくれる？　急にお仕事ができちゃったの」

「はい。わかった。ノエルはここで待つ」

ちょこんと椅子に腰掛けたノエルの可愛さに後ろ髪を引かれながら、エレノアを捜すことにした。

「ねえ、エレノア。ちょっといいかしら」

庭で剣の手入れをしていたエレノアを発見する。……エメレットにやってくる直前に王家から賜った由緒正しい剣だと聞いているけれど、その剣が実戦で私を守るために使われたことはない。もっぱら畑を食い荒らす獣を……というのは、今考えなくてもいいことね。

「アリー様、どうかされましたか」

切り株から腰を上げようとしたエレノアを手で制す。

「そのまま聞いて。あのね、ノエルの学校の話なんだけれど……」

「学校？」

「ええ。ノエルは健康だし、同じ年ぐらいの子どもたちの中で学ぶことも大切じゃないかと思って。学校に通わせようかと」

「学校!?　だ、だ、ダメですよ！　それは無理と言うものです！」

エレノアは悲痛な叫び声をあげた。……そんなに地元の学校は荒れているのかしら？　校長である私の元にはなんの情報も入ってきていないのだけれど……。

私がよっぽど悲しそうな顔をしていたのか、エレノアはゴホンと咳払いをした。

「あー。えーとですね、突然うちの旦那様に、このくらいの大きな隠し子がいたというのは、ちょっと、その。民には少しばかり刺激が強すぎる話題だなと。ほら、人の口に戸は立てられないと言いますから、今しばらく……」

「……そうね、カシウスは秋には戻ってくると、言ったものね」

「はい。それからでも、遅くないかと思います。ノエルお嬢様はああ見えて非常に賢い子です。まだ、同じ年頃の子とは話が合わないかと」

「私とエレノアみたいに年が少し離れていても、お友達になってくれる子がいたらいいかなと思ったのだけれど」

「アリー様……！　私を友達だと思ってくださるのですか……！　ありがたき幸せ」

エレノアは怒っても悲しくても、ちょっと嬉しくてもすぐ泣くのだ。

「まあ、友達と言うよりは、姉のように思ってはいるわ」

「アリー様……っ！」

感極まったエレノアを置いて、私は仕事に戻ることにした。

ノエルの進学はまだ先だけれど、今のうちに学校の設備などを整えておかなくては。……私とエレノアは五歳離れているから、この数年のうちにエレノアとレイナルトの子どもが生まれたら……今度はノエルがお姉さんのようにふるまうかもしれない。

「アリエノール、なんか面白いことあった？」

にまにましながら部屋へ戻ると、待ち構えていたノエルに抱きつかれて、頬が更にゆるんでしまう。

「ええ」

「なに、なに？」

「ノエルが大きくなった時のことを考えていたの」

「いますぐおっきくなろっか？」

「いいのよ。ノエルはこのままで」

「ふーん。じゃあ、おっきくなってほしくなったら言ってね」

「ええ」

……ノエルが大きくなったら、大輪のひまわりのように生命力に溢れて、人を惹き付ける魅力のある少女になるだろう。その姿を見たいと、強く、強く願ってしまう。


「アリー様。私は一晩考えたのですが」

翌日、朝食の席でエレノアが発した言葉。似たような台詞を以前どこかで聞いた気がして、身構えてしまう。

「昨日の学校の件で」

「学校、いかなくてもいいよ。ほら、てーぶるまなーもこの通り」

ノエルは優雅な仕草で半熟卵にナイフを入れながら、落ち着いた声で答えた。

「まあ、そう言うな。学校に通わせることには反対しましたが」

「しましたがー？」

「僭越ながら、このエレノアが教師役を務めさせていただきたく」

「えー」

「えーとはなんだ」

ほどだ。

なんだかんだノエルとエレノアはすっかり打ち解けていて、ちょっとやきもちを焼いてしまう
「同じことだろ！」

「ええ〜」

「ノエル、エレノアとお勉強したくないよ〜」

「でも、エレノアは学校の成績が良かったのよ」

「うそだー」

ノエルは目を見開いて、エレノアをまじまじと見つめた。

「嘘ではないっ！」

「しんじられません」

「あら、本当よ。じゃあ……こういうのはどう？　ノエルはエレノアにお勉強を教わって、試験に合格できたら、その日のご飯のメニューを決める権利をあげる」

「やる！　やるやるやる、ノエルはエレノアとたたかう」

好きなメニューを食べられる。につられてノエルはあっさりとエレノアの授業を受けることを了承した。

「あ、ああ……一体、どうなったのかしら……」

エレノアがノエルに勉強を教える。だなんてとっても面白そうで是非見学したかったのだけれど、

各地からの報告書がどんどんとあがってきて、私はそれにかかりきりになってしまっている。

ノエルの成長を見守りつつ領主代行の仕事をこなすには、時間も体力も足りない。少し前までは死ぬ死ぬ言っていたぐらいなのに、今はなんて贅沢な悩みなのか……。

「ノエル様が心配ですか？」

難しい顔で書類に取り組んでいると、お茶を運んできたラナが苦笑した。

「ええ。二人だけにして大丈夫だったかしら……」

「先ほど前を通りかかった時に、ものすごい剣幕で怒鳴られているのが聞こえました……」

「まっ」

いけない、いけない。ノエルの勉強については、ひとまずエレノアに任せると決めたのだ。私は領主代行としての仕事に取り掛からなくてはいけない。例えばこの、湖水地方で作物の生育がものすごく悪い箇所があって、原因がまったくわからないとか……。

「ええと、土の成分表は提出されてるんだったかしら……」

ぺらぺらと書類をめくっていると、小さな足音が聞こえてきた。

「アリエノール！」

ノックもなしに、ドアをバーンと開けて飛び込んできたのはノエルだ。……淑女は廊下を走らないし、部屋に入るときはノックをしましょう。そう言いたいけれど、ノエルに甘い私は、嬉しさですべてが吹き飛んでしまう。

「勉強は終わったのね？」

「うん」

エレノアは真面目だ。今日の課題をクリアするまでノエルを自由にするはずがない。だからノエルは試練をすべて乗り越えて、私のもとへやってきた。……そういうことに、しておこう。ノエルの髪の毛が、とてももぐしゃぐしゃになっているのはひとまず置いておく。

「あのねー、エメレットの地図をね、教えてもらったの。ノエルぜんぶわかるよって言って、ぜーんぶやってきた」

「そうなのね、すごいわ」

「それでね……なんで、アリエノールのところにきたとおもう？」

ノエルは珍しく、からっと明るい笑顔ではなくて、何かを企むようにニヤついている。

「え、何かしら。全然わからないわ」

「うふふ」

ノエルは小さな手を口に当ててとくすくすと笑った。

「もう、教えてよ」

「あのね……おくさまに、ごていあんが、あるんですけどぉ」

ノエルの小さな手が、ひそひそ話の形をとる。

「何かしら？　言ってごらんなさい」

奥様と呼ばれて、気合いを入れない訳にはいかない。

「ノエル、湖まで、ピクニック、行きたいんだけど……」

「湖、まで……」

「あるのは知ってるけど、ノエル、ノエルになってからそっちに行ったことないから……」

「の、ノエルお嬢様。それは、ダメなんですよ」

おそるおそると言った様子で止めるラナを、ノエルは動揺した様子で見上げた。

「……なんで⁉」

「なんで、って、えーと、その……」

「ラナは行ったことあるの？」

「あ、あります」

「マルチーズは？」

「姉もあります。……ちなみに、姉の名前はマルティーヌです」

「……じゃあ、なんでノエルだけダメなの？」

「えっと」

ラナはノエルの怒気に押されている。今頃口を挟んだことを後悔しているだろう。

「ノエル。私も行ったことないわ」

「じゃあ、いっしょにいこ」

私はその場所へ――エメレット地方の有名な観光地で、このあたりの人間なら一度は行ったことのある湖へ、行ったことがない。

「ノエルなら、畑、治せるよ？」

執務机からずり落ちそうになっていた書類の中身を確認したらしいノエルが、了承を得ようと私を見上げている。

「そうね……じゃあ、ノエルは皆と行ってきていいわ」

自分だけならいいと言われて、彼女はますます不可解そうな顔を見せた。

「アリエノールがいっしょじゃないと、やだ」

「ダメなものはダメだ」

ノエルを追いかけてきたらしいエレノアがノエルの首根っこを掴んだ。

「ノエルお嬢様だけならお連れする。アリー様はお留守番です」

「……ええ、分かっているわ」

有無を言わさぬエレノアの強い言葉にただ、頷くことしかできない。

そう、私は湖へ、皆と行くことができないのだ。

十一章　続・アリエノールとカシウス

「別にさあ、二泊三日って訳じゃないんだぜ」

「それでもだ。私はアリー様のそばを離れることはできない」

きっかけは確か、再びレイナルトとエレノアの会話を物陰で盗み聞きしてしまった所から始まったように思う。

お化け騒ぎの後からエレノアとレイナルトはお互いに対する誤解を解いたらしくて、私の前では素っ気ない態度を取ってはいるけれど、よく二人で会話している所に遭遇することが多くなった。

「お前だっていつまでもお客さん扱いは嫌だろ？　せっかく行ってこいって、カシウスが言ってるんだからさ」

「心配とか、そういう話ではない。私が楽しんでいるのに、アリー様は行けない。単純にそれが嫌なのだ」

「いつまでもそんな態度じゃ、奥様だって嫌だろ」

「……わかっている！　しかし、心配なのだ」

疫病が流行りエメレットが悲しみに包まれる前は、この屋敷には今の三倍程度の人が働いており、とても賑やかだったそうだ。

屋敷は使用人も主人も問わず仲が良くて、よく先代エメレット伯爵だった義父は慰安旅行と称して使用人たちをいろんな所に連れ出してくれたそうだ。

そして今年。私が嫁いで三年が経ち、そろそろ慰安旅行を復活させようかという動きがあって、エレノアはそれに誘われているけれど、私が付いていけないから断った。

「精霊の忘れ物を見たことがないなんて、この辺じゃあんたら二人だけだぜ」

「仕方あるまい」

「精霊の忘れ物」と呼ばれる湖は、エメレット伯爵邸から馬車で行ける距離にある湖水地方の中で一番有名なものだ。

私はエメレットに嫁いできてから、その地を訪れたことはない。

屋敷から離れた所で私が倒れてしまうと、どうなるかわからないからだ。

私は十分程度歩いただけで、すぐに疲れてしまう。強い日差しにさらされれば、なおさらだ。秋早くから雪が積もり、春先まで雪が残る地域。人々がその土地を訪れることができるのは、初夏から秋までの短い期間だ。

「お前さ、本当に堅物すぎるぞ。本当は行きたいって顔に書いてある」

「う……確かに、湖の周りは馬が好みそうな草原と聞く。けれど、ならん。ならんのだ」

「へいへい、わかりましたよっと」

……エレノアが私に気を遣って、レイナルトと仲良くなったのも、お酒が飲めるようになって自分がお酒にすごく強いことが分かったのも、隠しているのを知っている。

本当はラヴィネスに乗って遠駆けをしたりしたい気持ちを、隠しているのを知っている。

……全部、私に気を遣って、隠しているのだ。

それがとても嫌だった。

私にとってはエレノアは大切な友人だし……何より、みじめな気持ちになるから。

「エレノア。視察のお話、聞いた？」

「視察？　なんの話でありますか？」

エレノアはこの頃から私とカシウスの代理として様々な場所に顔を出すようになっていた。

彼女の身分は伯爵令嬢で私の側近のようなものだから、なかなか動けない私達に代わって馬でいろんな所におつかいに行ってもらうことが多くなっていたのだ。

「あなたには湖水地方に行ってもらおうと思うの」

「……！　アリー様、それは……」

「ついでに、皆の護衛も兼ねてもらうわ」

「でも、私は……」

「命令、よ」

「わ、わかりました」

「じゃあ、俺が代わりに……」

「お前は引率で行くだろう」

留守番と私の世話を引き受けると言ったレイナルトを、カシウスが遮った。

「屋敷とアリエノールのことは、俺が引き受ける」

私とカシウス、あとはごく少数の留守番を除いて、皆が慰安旅行へ向かう日取りが決まった。

「……カシウス、あなたは行かなくてよかったの？」

慰安旅行に出かける一団を見送ったあとの屋敷はいつにも増して静かで、私と彼以外は他に誰もいないような気さえした。

「留守番は必要でしょう？」

お預かりしている姫様に何かがあっても困りますしと言ってカシウスは背を向けた。居残りのメイドはあとは若いお二人でと気を利かせてその場から離れていた。

「お仕事を？」

「ゆっくり本でも読みますよ。何かあれば、遠慮無くどうぞ」

とは言っても、本当は仕事か勉強のどちらかだと分かっていたから彼の後を追いかけることはしなかった。

——めずらしく、一人だわ。

一人残されてふと後ろを振り返ると、精霊の森の入口が妙にぽっかりと、私を誘うように開いていた。

『あなたは精霊に嫌われているから』

いつだかカシウスから言われた言葉が、脳裏によみがえった。

普通に考えて、周りに誰かがいたらそんな気は起こさなかっただろう。でもその時の私は一人で、なんだか精霊に呼ばれているような気さえしていた。

——こっそり、森へ行ってみようかしら。

私はそんな悪巧みを思いついてしまった。

エメレット伯爵邸は精霊の森のすぐ手前にあり、まるで裏庭のように屋敷から森へと入ることができる。そのごく浅い部分に精霊の神殿があって、私の持参金の一部を使って奇麗に建て直したばかりだからと、カシウスが毎朝お供えをするために神殿へ向かうのを窓からよく見かける。

この土地で一番精霊に詳しいのはカシウスだ。彼の言葉は事実なのだろう。けれどカシウスの言葉を否定したい気持ちは十分にあったし、赤子のように手取り足取り面倒を見てもらっている自分に嫌気がさしていて、一人で何かしてみたいとも常々思っていた。

解き放たれてしまった私は一人、精霊の森に足を踏み入れることにしてしまったのだ。

神殿への道はまっすぐだ。体調が悪くなったらすぐに戻るつもりだった。一歩一歩、地面を踏みしめて進んでいくと、驚くことに、疲れを感じる前に神殿に辿り着いてしまった。

——何も準備せずに来てしまったわ。

真新しいけれど、神殿と言うにはささやかな小さな小さな建物の前で、私はただ、立ち尽くしていた。何も起きないし、カシウスの周りを漂っていた光のような、やさしい、寄り添うような雰囲気はまったくなかった。

——やっぱり、嫌われているから出てきてくれないのかしら？

急に冷たい風が吹いてきて、心臓がきゅうっと痛くなった。

『セファイアの姫よ、帰るがよい』

帰らなきゃ……そう思って踵を返そうとした瞬間に頭の中にくぐもった声が響いて、おそるおそる天を見上げた。木々の隙間から見える青空はとても爽やかで、木漏れ日はぎらぎらとした太陽の存在を確かに教えてくれるのに、その時は、何だかとても、本当に寒かった。

「……だ、誰？」

馬鹿馬鹿しい問いだとは思いつつ、その時に口にできた言葉はそれだけだった。

『お前はこの土地の者ではない。元の場所へ帰るがよい』

「いやです。私は……！」

ここから去れと言われて、反射的に答えてしまった。

――私は、何だろう。

胸がきゅっとして、息が苦しくなってくる。空気と一緒に、私の中に森の魔力が入り込んで、体の中をぐるぐると逆流する。

何になりたくて、何が欲しくて、何が許せなくて、どこへ行きたいのだろう。一度考え始めると、全てがわからなくなる。

胸に押し込んでいた気持ちが森の魔力に触れて押し殺すことができなくなって、心臓が痛いのか、それとも心が悲鳴をあげているのか、どちらなのか分からなくて、とにかく苦しい。

息ができない。寒いのに、汗がどっと噴き出してくる。体に力が入らない。

「た……」

助けを呼ぶ声は音にならなかった。声を出すことができたとしても、近くには誰もいない。

ああ、言いつけを守らずに、一人でこんな所まで来てしまって。私、一人では何もできない。

私、ここで死ぬんだ。

体の震えは段々と大きくなってきて、私はその場にうずくまってしまった。体が鉛のように重くなり、意識がどんどんと遠ざかってゆく。


「……──ル！」

目をつぶって震えていると、私を呼びもどすように、遠くから声が聞こえてきた。これは誰の声だったかしら……。

「……アリエノール！」

私を呼ぶ、カシウスの声がはっきりと聞こえた。

「カシ……ウス？」

「喋らないで、大丈夫」

「私……」

「大丈夫だ。あなたをここで死なせはしない。もう少し、頑張って」

私を抱き起こした手は、とても熱を持っていた。

「どうして彼女を傷つけるような真似をしたんだ、お前らしくもない」

カシウスは虚空に向かって声を張り上げた。

私とカシウスの周りに、大きな魔力のうねりがぐるぐると渦巻いている感覚があった。まぶたを持ち上げることはできないけれど、人ならざる強大なものの存在を、肌が粟立って教えてくれる。

「その姫は、セファイアのうそつき姫。この土地にはふさわしくない」

「彼女は嘘つきじゃない。精霊のくせに、人を見ないで肩書きで判断するのか」

「……約束を守らなかった人間のせいで、こんなふうに、なっちゃったのに……忘れられて、ちいさくうまれて、何もできなくて……」

カシウスの言う通り、これが精霊なのだとしたら。精霊信仰をないがしろにした王家に対し、本当に怒りの感情を持っているのかもしれない。

「精霊よ。お前もまた、人の信仰なしには存在できない。知っているか、森の外がどうなっているか。エメレットは古い土地だ。お前が王女を守れなければ、エメレットはこのまま歴史の中だけの土地になる。そうすれば、お前はもっと弱い存在になるぞ。それが望みか」

「……だって、じゃあ、どうしたらいいの……どうしたらいいの？」

声の感じが、随分と頼りないものに変わった。まるで大きな存在が、二人いるみたいだ。

「認められて、愛されたいなら。まず愛するべきだろう。大いなる存在よ、お前がこの地を統べる大精霊だと言うのなら、その偏見を取り払って、彼女を見てやったらどうなんだ」

カシウスの言葉は自信に満ちていた。この状態で臆さずに声を発することが出来るのは、きっと彼だけだろう。彼はこの地を治めるべき為政者で、その妻である私はただのお客さんでしかなくて、元王女という肩書き以外には何も持っていない無力な存在なのだと残酷であたりまえの事実を今、突きつけられている。

「……それはそう……」

「とりあえず彼女の魔力を吸ってくれ。話はそれからだ。……そうすれば、彼女も楽になるし、お前も空腹が抑えられる」

「わかった……おなかがすいているからしかたがない……」

何かぷにっとした柔らかいものが私の額に触れたかと思えば、すっと体が楽になった。けれどそれとは反対に、私の意識は一気に弛緩した肉体に引きずられて、深い眠りの淵へ落ちていった。

誰かのすすり泣く声で意識が戻る。何とかまぶたを持ち上げると、私の枕元でエレノアが号泣していた。エレノアはすぐに泣くけれど、あんなにもウサギみたいに目が真っ赤になっていたのは、あの時がいちばんだったと思う。

「あ……アリー様――――っ！」

この時のエレノアの絶叫は、多分屋敷じゅうに響き渡ったと思う。

「アリー様、お目覚めですかっ！」

「……ええ。なんだか、とっても……大変……みたいね」

エレノアの背後には十人程度の人が居て、部屋の中は一杯だった。

「もう、もう、お別れなのかと……っ、良かった、良かった……」

「大丈夫よ。こんな時に不謹慎かもしれないけれど、なんだかスッキリしているわ」

「アリー、目が覚めたのですって！」

いつの間に王都からやってきていたのか、寝室にルベルとグルナネット姉様が入って――飛び込んできて、エレノアたちはそっと場所をあけた。

「ね、姉様……どうしてここに？」

「アリーが倒れて危篤だって連絡が来たのよ！　今、父様と母様は外交のために国を出ていて、兄さまが国王代理で、だからわたくしがアリーのお見舞いに……」

「そうだったんですか。すみません」

「何よ、けろっとして！　大変な騒ぎだったのよ、ルベルなんて『アリーが死んだら僕も死ぬ！』とか言い出すし……もう、本当に体が熱くて、熱くて、もう駄目なんだわと覚悟したのよ」

グルナネット姉様を押しのけて、ルベルが私の手を握った。

「アリー、心配したんだよ。本当に」

元々しゅっとしていた顎がよりしゅっとしていたから、本当にこの人は私のことが心配すぎてやつれてしまったんだわと思ったのをよく覚えている。

「そういう訳で。エメレット伯爵、妹を連れて帰るわね。やっぱりこんな田舎ではアリーの面倒を見きれないのだわ」

グルナネット姉様の発言を受けてドアの方へ視線を向けると、カシウスが立っていた。心身ともに疲れ果てたといった様子の周囲とは違って、彼だけがいつもと同じ、普段通りに見えた。

「姉様、何を言っているのですか。私はエメレット伯爵夫人なのですよ」

「アリー。そう思っているのは、君だけだよ」

ルベルが私をなだめるような猫撫で声を出したけれど、そんなもので誤魔化されたくはなかった。

「そんなことはありません。私は……」

「もちろん今日とは言わないわ。でもこのようなことがあって、王家の人々は皆、心を痛めているわ」

グルナネット姉様は私の肩をやさしく抱き寄せた。心から心配してくれているのは分かる。

……私、ここにもう、いられないのかしら。また、城の端っこで窓から外を眺めて、一人で……かわいそうな子として、死ぬまで大事に、大事に箱の中にしまわれてそのまま……。

「いやよ」

「アリー。わがままを言わないで」

皆はじっと、口をつぐんでいる。誰も私を引きとめてくれないの？　私はここにいたいのに。ああ、でも、私は森の中で自分に見切りをつけてしまったのだったわ……。

「……もちろん、殿下をはじめとした王家の方々がアリエノール様を大切に思っていらっしゃることは存じ上げております」

カシウスはいなくなったわけではなくて、そのままドアの近くにいたらしい。全員が彼の言葉に耳を傾ける。

「けれど、アリエノール・ディ・エメレットは、ここの女主人です。彼女は結婚し、年若いですが成人としての身分があります。エメレット国の法律では何者も、職業選択と居住移転の自由がある……」

「だ……っ、だぁから、それは建前でしょう。連れていく、って言ったじゃないのっ、この堅物っ」

「本人の了承が取れれば、殿下の行く手を阻む者はおりません。屋敷のすべては我が妻に一任しておりますゆえ。去るか残るかは、全てアリエノール・ディ・エメレット本人が定めること」

カシウスはそれだけ告げて、部屋を出ていった。

「……なによ、本当に慇懃無礼な男なんだからっ！　ね、エレノア」

「はい。あ、いえ」

「さあ、アリー。行きましょう」

グルナネット姉様が私の手を引いた。

「私、行かないわ」

「アリーったら、エメレット伯爵の言っていることを真に受けているの！」

真に受けるというか、彼は至極当然の本当のことしか言っていない。私はエメレット伯爵夫人で、結婚によって成人と同じ権利を得て、何処に住むのも自由なのだ。

「王都には戻らない。私はエメレット伯爵夫人だから。姉様、お見舞いをありがとう。でも私は私の意思で、ここに居たいと思っているの」

「アリー……次に発作が起きたら、もう間に合わないのかもしれないのよ」

うつむいて、胸の前でぎゅっと手を握る姉様を見て心が痛くなったけれど、気持ちだけ受け取ることにする。

「別々に暮らしているのだもの、仕方がないわ。エキュマリーヌ姉様だって、骨をあちらの国にうずめる覚悟で嫁いだ。私だって、そうよ」

「……うっ、エレノア」

私を説得できないと思ったのか、姉様は旧知の仲であるエレノアに声をかけた。

「私はアリー様の剣で、盾で、足です。いくら長年よくしていただいたグルナネット殿下の頼みとは言え、きけませぬ」

「……んもーっ、何よここ、堅物ばっかり！」

グルナネット姉様は憤慨しながら立ち上がり、かわりにルベルが再びぎゅっと私の手を握る。

「アリー、僕は諦めないから。火の魔石を置いていくよ、毛皮も薬も沢山送るからねっ」

「そうよ！　こんな辺鄙など田舎、もっと街道をきれいに整備すべきよ！」

「全くだ。そうすれば、もっと早く到着できたのに」

「途中にもっと気の利いた宿を造るべきよね！」

……二人の声が遠ざかっていって、部屋いっぱいに安堵か脱力のため息が広がった。

「……やっと帰っていった……」

グルナネット姉様とルベルはその後も数日やいのやいの言っていたが、期日がきたのか、それとも戻ってこいと声がかかったのか、程なくして王都へ戻ることになった。

二人がそれぞれに乗った馬車とそれを取り囲む護衛の影が見えなくなるまで、私とカシウスは並んで見送りをしていた。

二人のことは人間として好きだけれど、可能ならば別々に来てほしい。

「悪い人達ではない。皆、あなたのことを大切に思っているゆえだ」

……あなたも？　と聞きたいけれど、聞けなかった。昔は王都に戻ったら、なんて言っていたのに、今回はわざわざ引き留めてくれたのだ。彼の中で何かが変わってくれていたら嬉しい。

「私、……大切にされても、だれにも恩返しができていないわ」

「そんなことはない、実際に街道を整備してくださるそうですし、支援物資もいただいた。あなたがここにいるおかげでエメレット伯爵家が存続した。そのおかげで僻地に左遷される役人もいなくなった。いいことずくめです」

……ひねくれた言葉に何も言い返せない。元王女という身分そのものに存在価値があると、前向きに考えるべきかしら？

「ありがとう。私、ここにいていいの？」

「ここはあなたの箱庭。気の済むまでお好きにどうぞ」

改めてそう言われて、なんだか、胸のつかえがおりた気がする。ふっと体が軽くなって、急に笑いたくなった。

「ねえ、カシウス。あの時、森で誰かと話をしていなかった？」

「さあ。うなされて、幻覚を見たんでしょう」

なんだか彼と仲良くなれたような気がしたけれど、カシウスはいつも通りだった。

「私、本当に精霊に嫌われていたみたいなんだけれど……」

「そんなことはありませんよ。俺には分かります」

いつも通りだけれど、そもそもカシウスが私に優しいのだということが、この時少しだけ分かった。

……嫌われてはいないのだ、おそらくは。

「……いつか、精霊は、私にも話しかけてくれると思う？」

「ええ。いつかは」

「その時まで、私はここに居られるかしら」

「アリエノール、あなたが望めば、いつまでも」

あの後何度も精霊の森に行ったけれど、私の身には何も起きなかった。翌年からふたたび慰安旅行は中止になってしまって、私は何度も再開を打診したけれど、結局そのままになってしまったのが心残りだ。

十二章　ノエルの誘惑

「アリエノール」

ノエルの声で、はっと意識が覚醒する。

「ごめんなさい。ぼーっとしていたわ」

どうやらノエルとお茶会をしている間に、座ったまま眠ってしまったようだ。

「最近、よく夢を見るの。思い出というか、過去をそのまま見ているような感じ」

「それノエルもよくあるよ。ずっと昔、ノエルが生まれる前のこと、よく見る」

ノエルはワッフルに刺さっていた飴細工を手で摘まんで、太陽の光にかざしていた。

「樹液みたい」

「そうね。ねえ、ノエル」

「ん？」

「私ね……昔、皆がピクニックへ行っている間に、倒れてしまったの。それでものすごい騒ぎになって、それ以来誰も湖へ行かなくなってしまったの」

「でも、ピクニックはなにも悪くないよね？」

「そうなのだけれど、縁起が悪いから」

「ノエルだって、反省してるよ」

ノエルはそう言って、飴細工をばりっと食べた。何に反省しているのかは、よくわからなかった。

「あなただけなら、行っていいのよ」

「だめ。アリエノールが一緒じゃないと、だめ」

ノエルはぶんぶんと首を振った。

「アリエノールが行けるようになるまで、ノエルがまんする。気がすまない。なっとくできないから」

その言葉に、ずきりと胸が痛くなった。私にピクニックに行ける体力がつくことなんて、永久にないのだ。

私は、エメレットの子どもたちが一日でこなせる距離を歩くことができない。

もちろん人を雇い、医師を帯同して、地元の村に別荘を造ってすぐに休めるようにすれば訪れること自体は可能だ。

でも、それではダメなのだ。エメレットの子どもは湖のふもとの村から伸びる長い階段を自分の足で往復して初めて、赤子や幼児の時期を抜け、一人前の人間として独り立ちを始めると言われている。子どもの心身の成長を願い、喜ぶ行事のひとつだ。それを私は一人で達成できない。だからまだ、行くことができないのだ。

そんなことを言っているうちに、もう十八にもなってしまった。

「アリエノールの魂が元気になるまでノエルはまつ。それがカシウスの望みだから」

突然ここにはいないカシウスの話が出てきて、困惑する。

「カシウスがあなたに何て言ったの？」

「アリエノール、あなたにもあの景色を見てほしい」

ノエルは妙にはっきりと、まるでその場にいたかのように語った。

「私は……そんなこと、言われていないわ」

「言ったよ」

「いつ？」

「いつ……うーん。いつもそう、思ってる……」

ノエルは両手で頭を抱えてしまった。

彼女が自分と私とカシウス、三人の関係を正しく理解しているとは思わない。けれど気を遣っているのか、たまにこうやって嘘をつくのだ。それを咎めるべきなのか、子どもの親切心からきた言動だと水に流せばいいのか、私には判断がつかないでいる。

「嘘じゃないもん」

私をまっすぐに見つめるノエルの瞳は、エメレットの新緑の色をしている。

「ノエル嘘つかないもん」

「そんなことはないでしょ？」

気圧されて、そう答えるのがやっとだった。

「そうかも。人間ちゅうだから、たまにするかも」

人間をしている最中、ね。

「でも、カシウスは、本当にアリエノールに湖を見せたいんだもん」

「だって私、そんなこと言われたことないもの。いいのよ、行かなくて」

「いいの？」

「……何が？」

ノエルの瞳が、きらきらと輝いている。

「カシウスが帰ってきたら、アリエノールをおいて、ノエルとカシウスで湖に行って、おいしいもの食べて、いっぱい遊ぶ」

「……二人がそうしたいなら、そうすればいいわ」

「マルチーズがね、教えてくれたんだけど」

「マルティーヌね」

どうやらノエルは育児休業中のマルティーヌとも知り合いらしい、いつの間に。

「近くに、みんなで星をみながら入れる温泉があるんだって」

……そんなの。そんなの、そんな楽しそうなこと。

私抜きで……私だけがノエルの可愛い姿を見られないなんて。……猛烈に、納得できない。一度そう思ってしまうと、心の中で嫉妬の炎がめらっと燃え上がった。脳内でカシウスとノエルが寄り添って、夕日に染まる湖を眺めている。きっと二人で手を繋いで会話をするんだわ……。

『ノエル。今夜は星を見ながら皆で食事にしましょうか』

『わーい、ノエル豚の丸焼き大好き。こってりしたもの食べたいな』

『そうしましょう。アリエノールがいると食べられませんから』

『温泉に入りたいな』

『そうしましょう。アリエノールがいるとできませんから』

『あー、でも、ここにアリエノールがいたらよかったのにね』

『そうですね。彼女にもこの景色を見てほしかった』

……どうして、こんなにはっきりと想像できるのかしら⁉

「ね？　行きたくなったでしょ？」

自分で自分の妄想にムカムカしている私の手を、ノエルはぎゅっと握った。

「ノエルも、アリエノールにエメレットのいちばんきれいなとこ、みてほしいな」

とろけるような、ノエルの笑顔。

ああ、この子は純粋無垢な存在ではなくて、もしかすると私をたぶらかす悪い精霊なのかもしれない……と、その時初めて思った。

ノエルに励まされて、私は湖へ行く計画を立てることにした。喜ぶべきではないが都合のいいことに、湖水地方の農作物の生育不良という大義名分がある。

「ねえ、エレノア……」

「反対です」

廊下でエレノアを見かけてこれ幸いと声をかけると、本題を切り出す前ににべもなく断られてしまった。

「まだ何も言っていないわ」

「分かります。湖の件でしょう」

エレノアの瞳にはかたい決意の光が宿っていて、私は自分の認識がどれだけ甘かったのかを思い知らされた。

「アリー様が皆と同じ体験をしたいお気持ちは理解しているつもりです。けれど、優先すべきは御身の安全……。心配なのです、またあのような事態が起きたらと……」

「俺も反対です」

とは、反対側の角を曲がってきたレイナルト。彼は地獄耳で、屋敷中に彼の耳がついているのではないかとたまに疑ってしまう。

二対一では分が悪いし、そもそも二人をまず味方につけないことには……。

「湖のまわりはほぼ平坦とは言え、そこまでに少し丘を登らなければいけません。エメレット人なら子どもでも登れますが、俺の見立てでは、アリー様には少々……」

「視察なら私が行って参りますし、ノエルお嬢様をお連れしても構いません。けれど、今一緒に出かけるのは時期尚早です。籠などで運ぶことはできますが、ただでさえ向こうは魔力が不安定な状況で、植物の生育に影響が出ていると言うではないですか。私たちには、どうしてもあなたをお連れするのに良しと、お答えできません」

「そうです。それこそ、旦那様が戻ってきてからでいいでしょう」

意見が一致している時のエレノアとレイナルトのコンビネーションは素晴らしい。打ち合わせをしていなくても、こんなふうに口を挟む暇もないほど、交互に正論を展開してくる。

……わがままだとは自覚している。けれど、ここで引いてしまっては、多分一生涯、私は湖へ行くどころか、二人が「良し」とする範疇から出ることがかなわないだろう。

「でも、私、最近とても体調が良くて。しばらく熱も発作も出ていないし、食事の量が何倍にも増えて、服だってきつくなっているのを知っているでしょう」

「存じ上げております。しかしアリー様。恐れ入りますがそれは普通のことなのです」

「アリエノールは、大丈夫だよ、ノエルが守るもん」

とうとう後ろからやってきたらしいノエルが加勢をしてくれたけれど、エレノアとレイナルトの表情はまるで絵のようにのっぺりとしていた。決意はゆるがないということだろう。

「アリー様はノエルお嬢様のように頑丈にはできていないのだ」

「エレノア、アリエノールを甘やかすな」

ノエルが普段より流暢に喋ったので、私はびっくりしたし、二人も硬直した。

「ど……どの口が言うんだよ……」

「この口」

ノエルとレイナルトのやりとりを聞いて、エレノアは深いため息をついた。

「思い出づくりのために、皆で湖に行きたい……アリー様のお気持ちは痛いほどわかります。私も、同じ気持ちです。甘やかすなというのも……痛いところを突かれました」

エレノアは一旦言葉を切って、今度は深呼吸をし、私を見つめた。

「……妥協案を提案いたします」

「そうだ、だきょーしろ」

「ノエルお嬢様、今いいところなので黙っていていただけません?」

レイナルトに注意されて、ノエルはぷくっと頬を膨らませて黙った。

「証明してください、私に。アリー様がお元気になりつつあると……。このエレノアにアリー様の体力がついてきている、という証拠をお見せください」

「しょ、証拠ね……！　わかったわ」

かつてのノエルがレイナルト達の前で自分の令嬢としての才覚を披露して見せたように、今度は私がピクニックへ向かうのにふさわしい人物だと証明する時が来た。

「それが実証された場合、もう私から何も言うことはありません。王家からの異議申し立ても、旦那様からの反対も、全てを一手に引き受けましょう」

「わかったわ。私は何をすればいいの？」

エレノアはゆっくりと頷いてから、指を三本、顔の前にかかげた。

「屋敷の外周を三周、回っていただきましょう。ご自分の足で」

「さ、さんしゅう……！」

その数字を聞いて、気が遠くなるかと思った。

私はこの屋敷の周りを、一周だって、したことがないのだから……！

「走れとは言いません。その程度の距離を徒歩でこなせないならば、到底無理です。何より湖のあたりは多少ながら空気が薄いのですし」

「……」

「制限時間は三時間としましょうか。日付は明日といたしましょう。ではノエルお嬢様、午後の授業を始めますよ」

「やだー！」

エレノアはノエルを小脇に抱えてさっさといなくなってしまって、胃のあたりを押さえて壁によりかかるレイナルトと私だけが残された。

「はあ……」

私は一人、執務室の机に突っ伏している。とても出来る気がしなかったけれど、エレノアの言うことはもっともだ。そのくらいの体力がなければ、到底往復の旅程に耐えられるはずがない。

「私に……できるかしら。いいえ、やらないと」

小さく、控えめなノックの音がした。

「どうぞ」

「メロン柄のついたパン。その名もメロンパン」

ドアの隙間から、格子模様のついた白っぽいパンが顔を覗かせた。カシウスの手帳のどこかに書いてあった気もする。けれど、今はそれに反応する元気がまったくなかった。

「アリエノールの代わりに、三周あるいてきた」

ノエルはエレノアの授業をクリアしてから、屋敷の周りを三周してきたらしい。……やっぱり、子どもでも普通にできることなのね。

「アリエノールがあるきやすいように、危ないものないか調べてきた。そしたら石が落ちてたから拾ってた。ごほーびにボグズがメロンパンくれた。どうかどうか奥様の力になってあげてほしいって」

私がエレノアの「試練」を受けることはすでに屋敷中に知れ渡っているらしい。いよいよ逃げ場がなくなった。そして、皆に心配をかけているのが分かって、恥ずかしい。

「情けないわ……」

「マルチーズの赤ちゃんも歩けないから大丈夫だよ」

……やっと寝返りが打てるぐらいに育った赤ちゃんと比べられても。

「私だって大人だもの。やってみせるわ」

そう。私は大人で、ノエルの継母なのだ。この子のためにも怯んでなんていられない。困難に立ち向かう姿をノエルに覚えていて……いえ、小さいノエルが既にできているのだから、それは微妙かもしれないわね……。

「明日はノエルもいっしょにあるく」

ノエルは小さなポシェットからカシウスの手帳を取り出して、パラパラとめくった。

「ノエルね、この辺から出たことないから、カシウスのお話読むのすき。書斎の本もすき。エメレットはもっともっと大きいけど、ノエルはまだどこにも行けないから、考える。でも、おいしいものも、にんげんも、話を聞くより、実際に見て、触って、魂に刻んだ方が、ずっとずっと大事になる。だから今、ノエルは、小さいうちにアリエノールと一緒にいきたい。だからアリエノールが頑張れるように、ノエルも応援する」

ノエルの言葉は不思議だ。耳を傾けていると、不思議と力が湧いてくるような、わくわくして落ち着かなくなって、ノエルが行きたい所へ私も付いていきたい気持ちになってくる。

「……ありがとう」

どっと疲れる時もあるけれど、私は自分の心境の変化を、とまどいながらも楽しんでいる。

あの景色を見せたい。と本当にカシウスが言うならば、それこそ私は私の変化を見てほしいと思う。いまだこの場にいない夫に歩み寄る気になったのは、きっとそっくりなこの子がいるからだ。

「？　ノエルがおねがいしてるから、ノエルがありがとう言う」

「それでもよ。ありがとう。私、頑張るわね」

どんなに小さくて、くだらないことでも。私にとっては大きな一歩だ。

私と、そしてノエルのために。明日は頑張らなくては……。

十三章　カシウスからの連絡

「あ、暑いわ……」

まだ初夏だというのに雲一つ無いほどに晴れて、日差しが肌を灼いている。

「やっぱ、今日は中止にしましょう。無理です、やめやめ。俺が日程を再調整しておきますから」

レイナルトはほとんど眠れなかったらしく、目の下のクマが復活していた。強い日差しと相まって、より一層生気がなく見える。

「レイナルト、女同士の戦いに水を差すのはやめて」

「水というか、平和的交渉のために……」

「あなただって最初、ノエルについて反対したでしょう。戦わなければいけない時が誰にだってあるものよ」

「それはしましたけど。アリー様のお体の方がずっと大事な訳でありまして……」

「危険な状態になったら、あなたの気遣いをありがたく受け取るわ」

レイナルトは諦めたのか、深いため息をついてから臨時で設置されたテントの奥に入っていった。

入れ違いにエレノアがやってきて、じっと私を見つめた。

視線を逸らす気は、毛頭無い。私はやる気に満ちあふれているのだから。

「……準備はよろしいようですね」

「ええ」

通気性のよい綿のワンピースに山羊の革で作った柔らかい靴。底には特製の中敷きが入っている。髪を結い上げて、うなじにはスカーフを巻き、頭をすっぽりと覆う帽子に、日傘。全身には肌を保護するクリームが隙間なく塗りたくってある。

「準備体操は念入りに行ってください」

「もうしたわ」

いつでも行けるのよ。と答えると、エレノアはもう一度、じっと私を見つめた。心配そうな瞳は昔から変わらない。

「ゴールで待っていて」

「……わかりました」

いつまでも守ってもらうばかりでは、私だって大人になれない。今日がやっと娘時代の終わりなのかもしれなかった、もし試練を乗り越えられたら……だけれど。

体調に少しでも異変をきたしたら、私の挑戦は終わる。

ノエルがやってきてから体調はとても安定していて、発作はノエルを見つけて倒れた一度のみ。食事、睡眠も十分に取れている。

だから理論上はできるはずなのだ。私の心ができないとまだ怯んでいただけ。

できる。私はできる。一人前の大人になれるはず……。

そう自分に言い聞かせるけれど、心臓はいつもより速いテンポで脈を打っていて、途中で止まってしまうかもしれない……。

「ノエルもいっしょにあるくよ」

「ありがとう。心強いわ」

差し伸べられたノエルの手をぎゅっと握ると、森に吹く爽やかな風を浴びたかのように、嫌な汗がすっと引いた。

そして、試練の始まりを告げる鐘が鳴った。

「それにしても……本当に、暑いわ」

額から流れた汗をハンカチで拭う。つい先ほど、一周目を終えたあたりだ。

「アリー様、頑張れー！」

「奥様、頑張ってくだされー！」

使用人が総出で私を応援してくれているし、制限時間にはまだまだ余裕がある。けれど暑さのせいか、予想よりもずっと体力の消耗が激しい。

「アリエノール、だいじょぶ？」

「ええ……っ⁉」

ほんの少し先導して私の手を引いているノエルが、心配そうに私を見上げている。

返事をした瞬間に、芝生のほんのわずかなくぼみとも言えない所に引っかかって、転び、膝をついてしまった。

「ああーーっ！」

何人かの絶叫が聞こえた。

「誰だ、きちんと芝をならしておかなかったのは！」

続いてエレノアの怒号。

「も、申し訳ございません！　昨日までは確かに……」

「もぐらの穴だぁ」

と、周りの慌てぶりがまるで聞こえないかのようにノエルが言った。もぐらの穴に引っかかったという明確な理由があって良かった。何も無いところで転ぶよりも原因がはっきりしていた方が、まだ立ち直りやすいから。

「アリー様、膝の皿は大丈夫ですか⁉」

「大丈夫よ！」

　エレノアが向かってくるのを手で制すると、彼女ははっとして立ち止まった。今エレノアに抱き起こされてしまっては、勝利することができない。向こうもそれに気が付いたのだろう。

「私はまだ、大丈夫よ。手助けは無用だわ」

「……っ、はい」

「ノエルのお助けは、いいでしょ？」

「大丈夫よ。一人で立てるわ」

　手助けを断られて、ノエルの瞳が少し驚きに見開かれたように見えた。よろよろと立ち上がると、膝がじんじんと熱を持ったように痛かった。

「アリー様、頑張ってー！」

「俺も一緒にピクニックへ行きたいですー！」

　声援に手を上げて反応をして、私は再び、歩き始めた。


「や、やっと、二周目が……終わった」

　とぼとぼと歩き続けて、スタート地点まで戻ってくることができた。そのまま進もうと思ってはいた。けれど次の角を曲がるあたりで、疲労感でぺたりと座り込んでしまった。

　体中が熱い。まるで中で何かが燃えているみたいだ。汗でべたべただし、息も切れている……それに、足が、猛烈に重い。

これが『バテている』という状態ね。

「アリー様、お飲み物をどうぞ」

今日は珍しくマルティーヌが顔を出していた。彼女が差し出した大きなグラスになみなみと注がれているのは爽やかな柑橘の香りがする薄黄色の液体で、ルベルが持ってきた魔道具で作ったらしい氷が中に入っている。

「柑橘の汁に砂糖と塩を少し混ぜたものです。暑い時に飲むとだるさを予防できます」

「これ、すっごくおいしい。ノエルもっとほしい」

先にぐいっと飲み干したノエルがおかわりを所望した。……一方私はと言えば、体が水分を欲しているのに喉が狭くなったような感覚がして、上手く飲み込めない。

「お腹がたぷたぷになっちゃいますよ？」

「だいじょうぶ」

ノエルは普段は決まった量しか貰えないジュースをここぞとばかりに飲もうとしている。

皆も暑そうだけれど、元気だ。……私だけが、汗びっしょりで、へろへろ。

やっぱり、私には、到底無理だったということ？

……情けなくて、涙がじわりとにじんだ。

「やめてもいいよ」

体力の限界を察したのか、ノエルが私を見下ろしながら、ぽつりとつぶやいた。

「ノエル、もうちょっと我慢するから……」

その瞳には思いやりというか……私に対する、諦めが滲んでいた。ノエルがピクニックを楽しみにしていたのは知っている。でも、私が行けないなら行かないとノエルは言った。

ノエルに気を遣われて、我慢させている。

こんな小さな子に、私は弱い存在だと認識されている。

「そ……」

そんなの嫌よ、あなたまでそんなことを言わないで。そう返事をしたかったのに、疲れのせいか声を発することにも難儀する。

マルティーヌの肩越しに、エレノアが泣いているのが見えた。私に無理難題を押しつけた、ひどいことをしたと、良心の呵責に堪えかねているのを、アズマリアが慰めている。

……皆が、私を赤ちゃんのように思っている。

「アリー様。旦那様が帰ってきたら、皆で一緒に行きましょう」

……だから、それが嫌なのよ！

マルティーヌが差し出したままのグラスを受けとって、一気に飲む。

「……まだ……時間は……あるから。これは、ちょっと……休憩している、だけよ」

ドクターストップがかかって棄権するまでは、諦めたくはなかった。

「アリエノール。あの、ノエルはね、アリエノールを元気にするために……」

ノエルは私の子どもじみた意地の張り方に驚いたのか、妙におろおろしている。

「いいのよ、ノエル。自分の気持ちに嘘をつかないで」

「ノエルはね、ピクニックに行きたいけど……」

「大丈夫よ、私に任せてっ。必ず、あなたをピクニックに連れていくから！」

「う、うん。じゃあノエルはもぐらの穴がないかさがしておくね……」

「アリー様……休憩中のところすみませんが……旦那様から通信が入りまして……」

ノエルが先に歩いていったのを見送っていると、レイナルトがものすごく申し訳無さそうに通信機を持ってやってきた。最新型の魔力通信機は屋敷の外に持ち出しても、場所によっては声が聞こえる。この距離ならばギリギリだろうけれど。

「あの……今取り込み中と、概要だけお伝えしたのですが、そのうえで代わってほしいと」

「ええ……出るわ」

どうせまだ立てないのだもの、ただ黙っているよりは空気を取り込むためにも喋った方がいいかもしれない。

「はい……」

『こんにちは、アリエノール。泣いているのですか』

私をアリエノールと、正しい名前で呼ぶのはカシウスだけだ。受話器越しに聞こえるカシウスの声は相変わらず平淡で、感情を押し殺しているようだけれど、普段よりはほんの少しだけ、控えめで頼りなさそうに聞こえた。

「い……いいえ。……急に通話なんて、何かご用事が？」

エレノアに課せられた課題をクリアできなくてめそめそしながら皆に励まされているなんて、カシウスには知られたくなかった。

『特に、何もありません』

カシウスが特に何もないのに通信を入れてくるなんて、いまだかつて無かったことだ。

『なんだか急に胸騒ぎがして連絡を入れたところ、エレノア嬢と湖行きをかけて勝負しているとか。……そのような無茶はやめたほうがいいかと』

「それじゃ嫌なのよ」

だって、私が自分の力で行くことが出来なかったら、カシウスとノエルは二人で手を取り合って湖に行くのだ、これからずっと、何度も、何度も。

私はそこにいない。

それがたまらなく、悔しくて妬ましい。カシウスの声を聞いてしまったら、尚更そう思う。これはきっと、嫉妬だ。

「あなたは私が幼稚で愚かだと笑うかもしれないけれど、私だって、自分で何かを掴み取りたいの」

通信機の向こうで、カシウスが息を呑む音が聞こえた。本当に馬鹿なことを口走っていると、自分でも理解している。でも、私だって変わりたいのだ。

『……笑いません。ただ、心配なだけです』

医師の「止め」がかかる前に、カシウスが領主として命令を出せば私の挑戦は終わってしまう。

「大丈夫よ。私、元気になったの」

本当に色々なことがあったのよ、あなたがエメレットを離れている間に。そう続けようとして、声が出なかった。

『……そうですか。では、俺もあなたを応援するとしましょう』

「歩いている間……通話して励ましてくれるとか？」

『そうですね。そうしましょうか』

冗談のつもりだったのだけれど、驚くべきことに、彼は通信を切らないらしい。

「あ……ありが、とう……」

彼はいつも私と距離を取っているだけで、基本的にはずっと親切だった。けれど今、大人になった彼にそんなことを言われると、なんだかドギマギしてしまうのだった。

『大丈夫です。歩くにはコツがあるんです。まず、地面に手を当てて』

言われるがままにカシウスの言う通りにすると、視線の先でノエルが鏡のように地面に手を当てたのが見えた。

『あなたなら、エメレットの地中にある魔力の流れを感知できるはず。そこに自分の足を近づけるように意識して歩くんです。そうすれば体内の魔力が循環して、少し楽になるはずです』

「でも、それってズルじゃないのかしら」

『無意識にやっている人はやっていますよ。アズマリアがあの年であんなに歩くのは『何か』の助けがないと無理だと思いませんか？』

「それはそうだけれど……」

『あと、ぐっと唇をかみしめて黙るのをやめてください。どうせ今でもしているんでしょう』

「私、そんなことしていないわ」

『してますよ。他の人に聞いてください。……とにかく、あなたは呼吸をするのが下手なんです。返事はしなくていいから、呼吸をすることに集中して。空気を体内に取り込むんです』

……自分にそんな癖があるなんて、今までまったく気が付いていなかった。

『……ほら、今、唇を噛みしめているでしょう』

「……！　し、してないわ！」

図星を指され、焦った勢いで立ち上がることができた。

『どうですか、少し楽になりましたか』

「あ、確かに……」

カシウスのアドバイスに素直に従うと、随分と体が楽になったような気がする。……これなら、間に合う……かもしれない。

『大丈夫ですか』

私の足音があまりに小さいせいだろう。カシウスが確認のように、こわごわと尋ねてきた。

「ええ……順調よ。そうね……何か気晴らしに、面白い話をして」

『すみません、特に何も』

カシウスは遠慮というより、心底面白いことがなさそうな口ぶりだった。

「あら……そう？　エメレットは毎日愉快よ」

『それはよかった。本当に……』

嫌味のつもりが、急にしみじみとした声で返事をされて、なんだか羨ましがられているようにさえ聞こえた。

「あなたも里心がついてきた？」

『……はい』

「なら、帰ってこればいいじゃない……馬車で二日だわ」

本当に、この人の考えていることが分からない。分からないのはきっと、彼が私に本心を語る機会がないからだろうけれど。

『まだ……準備が整わないので』

何の？　と尋ねて答えが返ってくるなら、今こんなことにはなっていないだろう。とりあえず、カシウスの中には壮大な人生設計があるのだ、誰も知らないだけで。……もしかして、エメレットの精霊だけは知っているのかもしれないけれど。

『もうまもなくとは思うのですが』

まもなくねえ……と返事をして、なんて中身のない会話なのかしらと思う。けれど今までずっと、カシウスと話すとなればそれこそ大事な話ばかりで、こういうくだらない会話こそが必要だったのかもしれない。

『俺のことはともかく。アリエノール、今どの辺なんですか』

カシウスの声にはっと前を見ると、ゴールが視界に入った。

「……もう、ゴールが、見えてるわ。精霊の森の入り口よ」

ぜえぜえ言いながらも、なんと私はもうまもなく、ゴールに辿り着こうとしている。調子がよくなったと思ったのは最初のうちだけで、すぐに体はずっしりと重くなったのだけれど、その度にカシウスが嫌味なのか励ましなのかわからない言葉をかけてきて、そうこうしているうちに、終わりが見えてきたのだった。

『そうですか。思ったより早かったですね』

ゴールより先に、通信圏外になってしまうだろう。カシウスの助けがあってここまでこれたけれど……。

こんなにも長くカシウスと会話をしたのは初めてと言っていいぐらいなのに、今は彼の声が聞けなくなることに、寂しさのようなものを感じている。

『……あなたは俺がいなくても大丈夫。エメレットの精霊がついている』

「……私は精霊に嫌われているって、言ったのはあなたよ、カシウス」

『昔の話です。人間が変わるように精霊だって、気が変わってあなたを好きになることも十分にあり得るでしょう』

カシウスの顔が見えていないのに――私は大人になった彼を知らないはずなのに、なんだか、彼が少しだけ笑っているのが見えるような気さえした。

「精霊は変わる。私も変わる。……あなたは？」

茶化すように尋ねると、少しの沈黙の後に返答があった。

『俺は頑固なので、そう簡単には、自分の決めたことを動かせないです』

「何を決めたの？」

『色々です』

……色々、って。

『俺のことはいいでしょう。アリエノール、最後に一つだけ、いいですか』

「……何？」

『とても素敵な場所です。あなたにも、あの景色を見てほしい。……だから、頑張ってください。それでは』

それだけ言って、通信は切れた。私が精霊の森に近づいて、通信圏外になってしまったからだ。


——カシウスは、アリエノールにあの景色を見てほしいって思ってる。

ノエルの言葉が、まさか本当だったなんて。いや、そんなはずはない。ただの偶然でしかない。

——けれど。

「アリエノール、こっちこっち！」

ゴールの手前で、ノエルが汗一つかかずにぴょんぴょんと跳びはねている。

「今……行くわ。そっちに」

疲れた、とか暑い、とかそういう後ろ向きな感情がどこか遠くへ行ってしまって、ただまっすぐに、彼女に会いたいと思う気持ちだけが心を埋めていく。

「アリエノール、おいで！」

……いつも思うけれど、私とノエルって、大人と子どもが、逆の時が、あるのよね……。

カシウスと同じ金がかった緑の瞳が、私をじっと見つめている。その瞳に吸い寄せられるように、私は一歩、また一歩……。


「つ、ついた……」

どっと歓声が沸き起こり、私は自分がゴールに辿り着いたことを認識した。その瞬間一気に疲れが押し寄せてきて、その場に倒れ込んだ。お祭り騒ぎのような歓喜の渦の中で、視界の端になぜか四つん這いになって、よろよろと私の元へやってくるエレノアが見えた。

「アリー様……っ！　私は……エレノアは……」

「……見たでしょ？」

「見ました、見ました……申し訳ありません、私が間違っていました。あなたの成長を邪魔していたのは私だったのかもしれないと、今更……」

エレノアの瞳からは、大粒の涙がぼろぼろとこぼれていた。

「間違ってなんていないわ。ありがとう……」

「アリー様……っ！」

エレノアが私を抱き起こそうとした瞬間、レイナルトが背後からエレノアを羽交い締めにして、私から引きはがした。

「よし、エレノア。後片付けを手伝ってくれ」

「レイナルト、離せっ、私はアリー様を……」

「アリー様のお相手は、ノエルお嬢様にお願いした」

横たわったままずるずると引きずられていくエレノアを眺めていると、頭をぽんぽんと撫でられる。そんなことを私にするのはこの屋敷で一人しかいない。ノエルだ。

「アリエノール、おかえり!」

「ただいま。……ちょっと……ズルを……したかもしれないわ……」

「使えるものは、ぜんぶアリエノールだから」

「そう?」

疲労のせいかノエルが何を言っているのかちょっと分からなかったけれど、返事をしておいた。

もう、何も考えられなくて、気が遠くなりそう……。


「いたたたたた……痛い、痛い、痛いっ」

「今日のうちになんとかしないと、明日あさってはもっとひどくなりますよ」

エレノアの試練を乗り越えた後に『体の中に疲労物質が溜まっているからすぐにマッサージして流さないといけない』と言われ、感動醒めやらぬうちにお風呂に投げ込まれてしまった。

たっぷりの薬草を入れたぬるめのお風呂に浸かったあとは、香油と白い泥を混ぜたもので全身をマッサージされる。それがとんでもなく痛いのだ。

「この原料は海の底の泥だそうですね」

マルティーヌが物珍しそうにつぶやきながら、泥を私の背中に擦り込んでいく。双子の子を産んでから育児に専念していたマルティーヌは大分まいっていたようだけれど、最近は双子が夜ぐっすり眠るようになったらしく、ようやく落ち着いてきて今日から試験的に働きはじめたらしい。……働き者のマルティーヌには子どもたちの分もお土産を買わないといけないわ……。

「筋肉痛もそうですけれど、日焼け対策もきちんとしませんとね」

お肌のお手入れはまだまだ終わらないらしい。マッサージの次はパックだそうで、今度はドロリとした緑のペーストをすり込まれることになった。


「やっと終わったわ……」

「アリー様、食欲はございますか？」

「ええ」

寝間着に着替えて寝室に戻ると、食事が運ばれてきた。細かく裂いた鳥肉と卵が入った雑炊だ。さすがに今の状態でノエルに付き合って食事を摂ることはできないから、これでいい。

「アリエノール、ごはんなにたべた？」

ゆっくりと味わっていると、ノエルが部屋に戻ってきた。

「今おかゆを食べ終わったところよ」

「それだけ？」

「私には十分よ。ノエルは何を食べたの？」

「ノエルはね、お庭でバーベキューをした」

「う、うそっ！」

衝撃的な言葉に驚いて立ち上がってしまった。お庭でバーベキューだなんて、そんな楽しそうなことを私抜きで……！

「ピクニックのれんしゅうするっていうから、ノエルもピクニックのれんしゅうした。アリエノールは、本番までのおたのしみ」

「私にだって、練習が必要だったのに……！」

あまりの悔しさに歯噛みしていると、ラナが部屋にやってきた。

「アリー様。旦那様から通信が入りました。『別に急ぎではない』らしいのですが」

ラナの言葉に驚く。なんと、あのカシウスが一日二回も通信を入れてくる。これは未だかつてなかったことだ。

「なんだか、今日は別の世界に迷い込んでしまったみたいだわ……」

終わるのを恐れて、止まっていた私の時間が急に動き出し始めている……そんなことを、思った。

「大丈夫でしたか」

通信を受けると、挨拶もそこそこにカシウスの心配そうな声がした。

「ええ……おかげさまでね」

カシウスの声を聞くと、怠かったはずの体がしゃっきりとする。これはきっと、彼の前では落ち着いた妻でいようと、私の自尊心がなけなしの体力を奮い起こそうとするからだと思う。

「嫌味は結構です」

「あら、自分の発言を省みてはいかがなのかしら」

通信機のむこうで、カシウスが苦笑したような気がした。

「……まったく、あなたにはかなわない」

「言っておくけれどね、私、普段はそんな嫌味を言ったりしないのよ」

「もちろん、それは俺の日頃の行いが悪いからですね」

日頃の行いが悪いと聞いて、なんだかとても、腹の底からおかしくなってきた。

「通信できるということは、今セファイアにいて、このまま戻っていらっしゃるの？」

「はい。しかし、今夜また出国します。それが終わったら……戻ると……思います」

もう大丈夫だと思うのでと、彼は言った。何が大丈夫なのか私にはよくわからないけれど、カシウスがわからないのはいつものことだ。

「俺のことは気にせずに、楽しんでください」

急ぎの用事はないと言ったのは、どうやら本当のことらしい。……つまり、私を心配してかけてきたということ。ますます、違う人間になってしまったみたい。

部屋に戻って寝台に寝転がると、耐えがたい睡魔が襲ってきた。

「きょうは、がんばったね」

ノエルに頭を撫でられる。

「ノエルね、ほんとは、アリエノールにはちょっとむずかしかったのかな、って思ったの。でも……アリエノールは、がんばったね」

「そうね。でも……私、きっと、ノエルのためじゃなくて……」

自分の為だわ。私は私が行きたいから、自分の為に無茶をしたのだ。

「それでも、いいとおもう。アリエノールは、もうエメレットの一部だからね」

おやすみ……とノエルの挨拶を聞き終わる前に、私は眠りに落ちていった。

十四章　楽しいピクニック

晴れてピクニックへの参加権を得た私だったが、翌日は起き上がることもままならなかった。

薬草で作った湿布を張られ、体中を揉まれても体調は戻らず、スープかおかゆしか喉を通らない。張り切りすぎて体調が悪化してしまったのか……と落ち込んだものの、なんとか三日で体調は持ち直し、ピクニックの日取りが決まった。

そして今日は、ピクニック前夜。

「それではアリー様。明日は日の出とともにお迎えに上がりますので」

……そうエレノアに言われて、八時前には消灯したのだけれど。

目がらんらんと冴えて眠れない。

布団の中でじっと目をつぶるけれど、明日のことを考えると、楽しみすぎて、眠れないっ……！

「アリエノール、おきてる？」

「ええ」

布団の中でじっとしていたノエルが声をかけてきた。暗闇の中でも金がかったノエルの緑の瞳はよく見えるような気がするのは、どうしてなのだろう。

「なんだか眠れなくて」

「しってる。楽しみだからでしょ」

……これでは、まるで立場が逆だわ。

「アリエノール、楽しみすぎて、魔力がびゃんびゃんになってる」

ノエルによると、私は制御できない魔力があふれ出しているらしい。

「や、やだ……」

はしゃいでしまって眠れないのをノエルにまで指摘されてしまって、恥ずかしい。

「ノエルは眠くないけど、アリエノールは寝た方がいいよ」

「あなただって寝るべきよ。寝る子はよく育つって言うもの」

「うーん。じゃあ、一緒にねよっか」

「ええ」

「ノエルが子守歌を歌ってあげる」

「だめよ。私が歌うわ」

「ふーん。じゃあ、ゆずってあげる」

「もう」

ノエルは大人のような言動をする時があって、こういう時に私は彼女の母親にはなれていないのだと、まざまざと実感させられる。でも腕の中にノエルを抱きしめると、大概のことがどうでもよくなってしまう。

「ねむれ、ねむれ、よい子よ……」

子守歌を歌い始めると急に眠気が襲ってきて、きっと私は最後まで歌いきることができていなかった。


「おはようございますじゃ！」

私とノエルの寝室に、夜明け前にエレノアではなくアズマリアがやってきた。手には見慣れない生地の服を持っている。

「ぎゃあ！　ノエルをつかまえにきた！」

とノエルはアズマリアの顔を見るなり一声叫んで、せっかく起きたというのに布団の中にもぐりこんでしまった。

「他の者は準備で忙しいので、かわりにこの婆が手伝いにやってきましたのじゃ」

「自分できれるもん」

小さい子にかまいたくてうずうずしているアズマリアの手をすり抜けて、ノエルは器用に新しいワンピースのボタンを留めている。いつの間に作製されていたのだろう、若草色に茶色の格子模様が入った、ゆったりとした半袖に白い襟のワンピース。爽やかでとても可愛らしい。

「奥様も、よろしければこちらを」

「……まあ！」

アズマリアがぴらりと見せてきたのは……なんと、ノエルとおそろいの服だ。

……これを着て、お出かけ！

「まあああああ……!!」

喜びのあまり、それ以上の発言が出てこない。

「皆でこっそり用意しておいたのですじゃ」

「ありがとう、とっても嬉しいわ……！」

「ねー、アリエノール、早くしないとおいてかれちゃうよ！」

窓の外で準備が着々と進んでいるのを見て焦ったノエルが声をかけてくるまで、私はワンピースを抱きしめて、感慨にふけっていた。

「レイナルト、なんでこなかった？」

なんとか無事に乗り込んだ馬車に揺られながら、ノエルが不思議そうに尋ねてきた。どうやら屋敷に何人か居残りがいるのが気になっているらしい。

「レイナルトはお留守番係なのよ」

いくら慰安旅行と言っても全員を連れていくことはできない。有事の際に決定権のある人間を屋敷に残しておかなければいけないから。

「じゃあ、なにかもってかえらないと」

「心配はない」

馬で馬車と並走しているエレノアの声が聞こえてきた。

「とっておきのものを用意しておいた。実家に連絡して、王都から早馬で届けてもらったのだ」

窓の向こうから聞こえてきた言葉にノエルは怪訝そうな顔をする。……出会った頃よりずっと表情が豊かになってきた。最初はこちらの様子をうかがうような雰囲気があったけれど、今はそうでもない。

「……むこうで見つけた、すてきなものをあげないと『お土産』じゃないとノエルは思う」

「まあ、ノエルお嬢様には難しいかな……それではアリー様、お先に失礼いたします」

エレノアはふっとクールな言葉を残していったけれど、実際のところ彼女が何を用意したのかは、私にもわからなかった。

「なに？」

「えーと、そのうち教えてくれるわよ、きっと」

私に聞かれてもわからないものはわからないのだ。

二時間ほど馬車に揺られると湖のふもとにある村へたどり着く。ここの村は川沿いの平坦な畑と、まるで二段の踏み台のような形の特徴的な山と、斜面を切り開いた段々畑、そして湖で構成されている。

「さあ、ついたわ」

馬車が止まると同時にノエルは馬車の扉を開け、すたっと地面に降りたった。

「ついた！」

両手を天高く掲げ、ノエルはまるで地面を踏み鳴らすようにぴょんぴょんと跳ねている。……馬車の中でじっとしていることは、元気いっぱいのノエルにとってはいささか窮屈すぎたのかもしれない。

「てやっ！」

ノエルが鋭く叫んだかと思うと、その場で逆立ちを始めた。

「危ないから、やめなさい」

「あぶなくないよ」

「……下着が見えてしまうわ」

「なかにズボンはいてる。そのへんの子はみんな逆立ちしたり、でんぐり返ししてる」

「あなたはその辺の子じゃないから。……お嬢様は、スカートの中身を見せないの」

「ふうん」

急にノエルが逆立ちをしたから、驚いて冷や汗をかいてしまった。こんな動きをする人間を見たのは、たぶんずっと子どもの頃に芸人がお城にやってきた時以来だから……。

「準備おわり。はやくいこ？」

どうやら今のは準備体操だったみたい。

「そうもいかないのよ、元々の用事があるのだし」

「畑のこと？」

「ええ、ノエルの出番があるかもしれないわ。今、エレノアが先に様子を見てくれているから」

しばらく待っていると、先行していたエレノアが人を連れて戻ってくるのが見えた。……近づくにつれ、なんだか彼女が腑に落ちないと言いたげなのがわかる。

「すみません、アリー様。なんだか……治ったらしいです」

「……治った？」

「はい。この数日ほどで、おさまりが悪かったのが急にあるべきところにおさまったというか、魔力が循環しはじめて、一気に作物が成長し始めたということでして」

「……時間の経過で、勝手に解決したということ？」

どうやら報告と入れ違いになってしまったようだ。

「はい……奥様にわざわざご足労いただき、このようなご報告しかできず、大変申し訳ありません」

近辺の集落を代表してやってきたのだという村長の男性は、申し訳なさそうに平謝りしている。

「問題が解決したのだから、気にすることはないわ。この地域には一度訪れてみたかったし」

「寛大な対応に感謝いたします……」

「いえいえ、これがしごとなので」

鷹揚な発言をしたのはもちろん私ではない。ノエルだ。……反対側にいるエレノアからは殺気を感じない。抑える時は抑えることができる女性なのだ。

「あなた様は……？」

村長はつぶらな瞳をぱちぱちとさせて、ノエルを見つめている。

「いえいえ、なのるほどのものではありません」

村長は一瞬困惑したようだが、何も考えないことに決めたらしい。

「は、はい。どうぞごゆるりとお過ごしください」

「うむ。ぎょーむほーこく。精霊がすべてやってくれました。今年はみんなしあわせでしょう」

ポシェットから取り出したまっさらな手帳にノエルはたどたどしい文字を書きつけて、それを破って私に差し出してきた。

「ではおくさま、サインをお願いします」

私が報告書にサインをすると、ノエルは満足げに笑った。

「これでよし。ノエルのおしごとはかんりょう」

ノエルのことは秘密なのだから勝手に発言するなとエレノアの雷が落ちるのは、村長の姿がすっかり見えなくなってからだった。

「……アリー様、大丈夫ですか」

「ええ」

ノエルの手をしっかりと握っているからか、それとも旅行の高揚感のせいなのか、階段を上る足取りはそう重くない。

「ノエルは大丈夫？」

「なんもない」

「元気でいいわね。もうすぐ『精霊の忘れ物』よ」

「ふん？」

ノエルは首をかしげている。

「何も忘れてないよ？　ハンカチ、手帳、パン、木の実、リボンときれいな石、アリエノール」

ノエルはポシェットの口をあけて、自分の持ち物を確認している。

「ノエルの忘れ物」じゃないわ。ここの湖が精霊の忘れ物という名前なのよ」

湖といえばここだから、皆適当に「湖」と呼んでいるだけだ。

「なんでそういうの？」

「昔、エメレットの土地には大精霊ユリーシャさまがおりました」

私はノエルに、エメレットに伝わる昔話を語る。

「とてもとても暑い夏が続くときがありました。太陽がカンカンに照り付けて、畑も、動物も、人間もからからに干からびてしまいました。ユリーシャさまはそれを気の毒に思い、心を痛めました。人間たちの代表に助けてほしいと頼まれて、心優しいユリーシャさまは願いをきいてあげることにしました。ユリーシャさまは緑の風になり、山脈を越え、雪の精霊からたくさんの雪と氷をもらってきました。エメレットに戻ってくる途中に、ユリーシャさまは山が少し削れて平らになっている部分を見つけました。そこにとても、座るのにちょうどよい大きな穴がありました。少しのあいだそこに座って休憩してから、ユリーシャさまは再び精霊の森にもどりました。でも、エメレットがあんまりにも暑かったので、少し雪がこぼれてしまって、この土地に残されてしまいました。そしてとけた雪は湖になって、ここに残りました。だからこの湖は、『精霊の忘れ物』と呼ばれています」

「うーん……」

ノエルは腕を組んでまぶたを閉じ、難しい顔をしている。

「なんかちがうと思う」

「違うと言われても……実際にその場を見た人はいないのだから」

「すずしくなりたいにんげんがいっぱい森にくるのがちょっといやだったんじゃない？　だからはなれてほしくて……」

精霊が私を嫌ったり、あるいは許したり、家に侵入したり、食べ物ほしさに獣の罠にうっかり引っかかってしまうような性格だったとしたら。……あるいは、親切心じゃなくて自分の快適さを求めて重い腰を上げた……というのもわからなくはない。

「ユリーシャはね、ここに忘れたんじゃなくて、にんげんのためにここに湖をおいた。だからわすれものじゃなくて……」

「なくて?」

「精霊のわざとものの、とか」

「ふふっ。じゃあ、ノエルが領主様になったら新しい絵本を書いて、皆に広めてあげたらいいわ」

そんな話をしているうちに、湖に続く階段をすべて上りきってしまった。私の目の前には、風にそよぐ緑の草原と、太陽の光を受けてきらめく湖が広がっていた。

「こ……ここ、が……?」

「はい、アリー様。ここが『精霊の忘れ物』です」

「やっと、来れたのね……」

「はい」

じんわりと涙がにじんできて、慌ててハンカチで目をぬぐった。


「それではアリー様。私たちは食事の用意をしますので、ごゆるりとお過ごしください」

日陰になっている所に敷物を敷いてエレノアはさっさといなくなってしまって、私はノエルを膝に乗せたまま、澄んだ水をたたえている湖畔をぼうっと眺めている。

「これから何するの?」

「どうしようかしらねえ……」

ここへ到達することが目的のようなものだったから、特に予定はなかった。水遊びをしたり、た

き火をしたり、絵を描いたり……どれも楽しそうだけれど、なんだか今はふさわしくない気がしていた。

「とりあえず、この景色を目に焼き付けておこうかしら」

「景色はうごくから、むりだよ。風も雲も木も、全部うごく。同じことは二度とない」

ノエルは草の上に寝転がり、地面に耳をあて、目を閉じていた。地中の音を聞いているのか頬で風を感じているのか——あるいはそのどちらでもないのかもしれない。

「じゃあ、カシウスが私に見てほしかった景色は今ここにあるものではないのね」

「だからほんとはいっしょに来たほうがいい」

「機会があったらね」

起き上がったノエルは水際までゆき、手や足を差し入れて水の感触を楽しんでいるようだった。

「ちべたい」

「ここの水はね、夏でも冷たいの。泳ぎたい？」

「うーん。ノエルはね、地に足がついてるほうがね、いいの」

ノエルの言い回しは、やっぱりちょっと、面白い。

「あ、むこうからなんかくる」

小舟が対岸からこちらに向かってくる。よく見てみると、船を漕いでいるのはダインだった。

「ワイン、向こうでなにしてたの？」

ノエルは桟橋まで走ってゆき、ダインが大事そうに抱えている樽をばんばんと叩いている。

「……前から思っていたのですけど、俺の名前はダインです、お嬢様。……って、揺らさないでください。泡が抜けちゃいますから」

「あわ？」

「はい。向こう岸で天然の炭酸水を採取してきました」

炭酸水と聞いてノエルは顔をしかめた。

「ノエル、これきらい。ぱちぱちして、生意気なみず」

「生意気な水、ですか。貴族のお嬢様がいいそうな言葉っすね」

「ノエルはきぞくよりもっとすごい」

ノエルはむんと、小さな胸を張った。

「酒をあんなに飲みたがっていたのに、炭酸水は嫌いだなんて。なんか意外だなぁ」

「あれはあまいから」

「なら、今日のは気にいるんじゃないですか」

「む？　なになに？」

どうやらダインは炭酸水を使って何かを作るらしい。

「あ、やべ、もう別動隊が戻ってきてるみたいだ。それじゃあお二人とも、また後で」

ダインが誰と合流するのか見ていると、どうやら女性陣は森へベリーを摘みに行っていたらしい。潰したベリーを砂糖と一緒に瓶に入れ、濃いシロップを作っているようだ。

「あれおいしそう。ノエルもらってくる」

「あら、でもご飯の後に貰えると思うわよ」

背後から私を呼ぶエレノアの声が聞こえてきた。食事の用意が終わったのだろう。

「もうできてるのに……」

後ろ髪を引かれているノエルを連れて食事会場に向かうと今度は肉の焼ける香りがして、ノエルはベリーと炭酸水のことを忘れたようだった。


薄切りの牛肉と酢漬けのキャベツを挟んだサンドイッチをすべて平らげると、デザートの時間だ。グラスにベリーのシロップを三分の一ほど入れて、上から炭酸水をそそぐ。ベリーの炭酸水割りだ。

「……わっ！　いっしょになっちゃった」

ノエルは先ほど宣言した通り、炭酸が苦手なようだ。

「なら、私が全部飲んでしまうわよ？」

「だ、だめっ！」

苦手なものだとしても人に取られてしまうのは嫌みたいだ。ノエルはぎゅっと目をつぶって、ぐいーっとグラスの中身を飲み干した。

「あら、大丈夫なの？」

「うー……」

ノエルはぎゅっと目をつぶり、口をもごもごとさせている。……こういう困った感じのノエルも、可愛いわね。

「ほら、ほっぺの中が痛くなっちゃったんでしょう」

「……うまー!!　あまー!!」

かっと見開かれたノエルの瞳は感激のせいか、いつもよりきらめいているように見えた。

「こんなおいしいの森になかった!!　もっかい飲む!!」

「運ぶとどうしても泡が減ってしまいますからね……ちなみに、一人一杯だからもうないぞ」

エレノアが非情にも炭酸水の売り切れを告げた。彼女の手にはベリーではない黄金色の液体が注がれたグラスがある。

「エレノア、何飲んでる!?　なんかちがうの飲んでる！」

「ジンジャーエールです。生姜シロップを持ってきましたので」

「ほしい！」

「辛いぞ」

「甘いのはからくない！」

「そうですか。ではどうぞ」

エレノアはまだ口を付けていないグラスをノエルに渡した。……ノエルはグラスの中を覗き込むのに必死で気が付いていないけれど、私はエレノアが笑いをこらえている瞬間を見たわ……！

「ありがと……からっ！」

……どうやら、想像とは違った味がしたらしい。

「ほれ見たことか」

「なんかこれやだーからいーかえすー」

怖い物知らずに見えるノエルにも苦手なものは、結構あるらしい。

「ノエル様、アズマリアのお茶をあげますぞ」

「森に生えてる草のお茶はいまいらなーい」

「そうですか……」

「アズマリア、私に熱いお茶を一杯ちょうだい」

しょんぼりしたアズマリアにお茶を淹れてもらう。いくら初夏と言っても高地だ。冷たいものばかり飲んでもいられない。

そのままお茶を飲みながら、ノエルがはしゃぎ回るのをずっと眺めていたいと思った。


「日が傾いてまいりました。そろそろ帰路につきましょうか」

食事のあと、遊歩道を散歩したり釣りを見学していたりすると、あっという間に時間は過ぎてしまう。

「もうそんな時間なの？」

「屋敷とは離れていますからね。このあたりが潮時かと」

日が高い時間はとうに過ぎて、屋敷に戻る頃にはすっかり夜だろう。

「……そうね」

「では、解散の挨拶をお願いいたします」

「そんなの、何も考えていないわよ……」

何もないと言ったのに、いつの間にか皆が私の周りに集まってきてしまった。……恥ずかしいけれど、これも領主夫人の務めよね。

「皆……今日はありがとう。私、ずっとここに来たいと思っていたけれど……うまくいかなくて。そのほかのことでも、色々気を遣わせて、我慢させてきたわ。今までありがとう。一生の思い出になったわ。きっと、いつか……」

いつかは来ないかもしれない、なんて考えると、言葉に詰まってしまった。

「またいつでもこれるよ。だってここもエメレットだもの」

ノエルが締めの言葉を代わってくれた。

「そうね……ありがとう。ここに来れたのも、ノエルのおかげよ。あなたが私に力をくれたの。あなたは私の宝物。生まれてきてくれて……ありがとう」

ノエルの頭を撫でると、珍しくノエルは恥ずかしそうに目を伏せた。

「うん。ノエル、ほんとは……うちのこになるとき、ちょっと、どきどきしてた」

「怖かったのね」

「そういうのでは、ないけど……ノエル、ちゃんとうちのこ、できるかなって」

「あなたはもう、立派なエメレット伯爵家の子よ」

ノエルを抱きしめると、ノエルは腕の中でくすぐったそうにもぞもぞとした。

「はい、ここで注目」

エレノアが急に手を挙げて、皆の視線が一気に彼女に集中する。

「ふふふ。実は今日のために、最新式の魔力板製造機を貸りておきました」

エレノアは得意気に箱をかざしてみせたが、皆はいまいちピンときていないようだった。

「えーと……目の前そのままの風景が板に浮き上がってくるものよね？」

私にもちょっと自信がない。時代の進歩についてはちょくちょく耳にするけれど、現物を見るのは初めてだ。

「はい。『写真』というそうです。思い出になるかと」

「ノエル、それ怖いっ！」

エレノアが説明し終わる前にノエルが跳び上がって、茂みの陰に隠れてしまった。

「アズマリアも怖いですじゃ」

「アズマリアもこっちくる！　かくれる！」

「はい、はい。お供しますじゃ」

お年寄りは未知のものを見ると魂を抜かれるとおびえるというけれど。ノエルにとってもアズマリアより怖いものらしい。

「……まあ……いいでしょう。下手にノエルお嬢様が写りこんだものが外部に流出したら怖いですから」

まずは一枚ということで湖を背景に集まるが、ノエルは出てこない。

「全員で撮りましょう？　ノエル、来てちょうだい」

『やだー』

と、茂みから声がしたけれど、時間がおしているのでノエル抜きで写真を撮る。それから何枚か写真を撮って、私とエレノアが並んで写っているものと、湖を背景にして草の上に座っている私の写真を一枚。途中でノエルの気が変わることはなかった。

「ノエルー！　終わったわよ！」

「もう、とらない？」

ノエルががさっと、近くの茂みから顔を出した。

「ええ。怖くないわよ」

「もうかえる？」

「ええ、日が暮れるからね」

そう答えるとノエルは安心したのか、やっと茂みから出てきた。

「……ねえ、ノエルを後ろから撮ってくれる？」

「仰せのままに」

こっそりと耳打ちをすると、エレノアがにやっと笑った。

「わーっ、なんか、光ってるのが出た！」

後片付けに精を出していたはずのダインが突然大きな声をあげた。彼の周りには小さな緑色の光がふよふよと飛び回っている。

「ちっちゃなエメレットのかけら。自由になったから、楽しくなってふよふよしてた。夜になると、もっとひかる。アリエノールがかえっちゃうと、つまんないって」

「……昔も、こんな風景を見たことがあるわ」

手で緑の光を捕まえようとしたけれど、すり抜けてしまってうまくできなかった。

「ふうん。ノエルがこんな感じだったころかな。いつでも見れるから、またくるといいよ」

「そうね。……また、今度はカシウスも一緒に来られるといいわ」

一緒でないと、同じ景色は見られない。……つまり、私とカシウスはまだ同じところを見てはいないということかしらね。


「うーん、おかしいですねえ……」

屋敷に戻って現像をすると、確かに私の傍にいたはずのノエルの姿は写っていなかった。それ以外はしっかりと写っているのだけれど。

「素早すぎたのかしら?」

「そんなこともないとは思いますが……原因不明です。申し訳ありません」

せっかくならば一緒に写ったものが欲しかったけれど、ないものはないのだから仕方がない。

「親愛なるカシウスへ。今日、屋敷の皆と湖へ行きました。階段を上る前、もしかして死んでしまうのかしらと思うぐらいにドキドキしたけれど、エレノアの試練に比べたら大したことありませんでした。写真を同封いたします。景色は想像以上に素晴らしく、あなたが子どもの頃好きだったと聞いたベリーのシロップの炭酸割りを飲んで、ゆっくりと過ごしました。今日私が見た景色と、あなたが私に見せたかった景色はきっと違うものだと思うので、いつか共に訪れることができたらと思います」

「……こんなものかしら？」

伝えたいことは大量にあるのに、いざ手紙にするとなんだか殺風景で、私も人のことは言えないのだと思った。

「親愛なるアリエノールへ。ピクニックの写真をありがとうございました。おそらく写真が手紙と一緒に検閲に入ったと思うのですが、なにぶん高価な品であることと、中身については我が国の貴婦人の肌が晒されているものを国外に出すのはけしからんということで、国に没収されてしまったようです。帰国しても俺の手元に戻ってくることはないと思いますが、しかるべきところで適切に保管されるでしょう。追伸。エキュマリーヌ妃殿下よりエメレットへ贈り物のワインがあるとのことで、取り急ぎ発送手配をしました。おそらくこの手紙の少し後に到着するでしょう」

カシウスからの手紙を閉じて、元の封筒にしまう。

「……残念ね。私が楽しんでいるところを見せつけたかったのに……」

私の写真はカシウスの元に届かなかったようだ。いかがわしい写真ではなかったと思うのだけれど。国外からは通信できず、手紙しか届かない。宣言通り次にセファイアに戻ってくる時は、カシウスのエメレットへの帰還も同時だろう。


――つまり、彼から手紙が来るのはもうこれが最後なのかもしれない。

そう思うと、なんだか変な気分だった。


書斎に飾られている、王都から一年に一回送られてくるカシウスの肖像画を眺める。大人になった彼の姿は屋敷にあるご先祖様の肖像画に似てはいるけれど、私にとっては見慣れない、背が高くて何を考えているのかわからないような、死んだ目をした青年だ。

カシウスが帰ってきて、ノエルと対面して。きっと私たちはカシウスのことをなじって、なじって、夜が明けるまで彼の過ちについて語りあうのかもしれない。

カシウスは真面目な……真面目だということにしておこう――人だから、こうなった以上はきちんと説明責任を果たしてくれるだろう。そして私は夫の、今まで知らなかった一面を知ることになる。

時間の許す限り、私は彼に色々なことを尋ねるだろう。

――それからきっと、ノエルの見ていないところで泣くと思う。

妻にはなれないと言ったのは自分だけれど、本当の妻になれなかったことが悔しくて、情けなくて、その怒りを夫にぶつけるだろう。

それから――それからのことは、うまく想像できないけれど……きっとお互いの情報交換をする時間はたっぷり残っていると、信じたい。

十五章　屋敷に迫るもの

「ですから、レイナルトさん。俺は、絶対にしてないんですっ」

カシウスへの返信をしたためた手紙を渡すついでに、ノエルの様子でも見に行こうかと屋敷の中を歩いていると、切羽詰まったダインの声が聞こえてきた。

「わかってるよ、別にお前を疑っている訳じゃない。でもそれならそれではっきりとした理由がなければいけない」

「でも……俺、さぼってもいないんですっ」

「だぁから、わかってるよ。とにかく、まずは被害状況を確認してからだ。アリー様にはまだ言わないから……」

「何の被害なのかしら？」

「わっ、お、奥様っ!!」

廊下からひょいと顔を覗かせると、ダインは真っ青な顔のまま、腰を抜かした。

「私には言えないこと？」

「そん、そんな滅相もないっ！　あの、俺、何も知らなくてっ、いえ、それはダメなんですけど、なんでこうなったのか、やっぱり全然、全然っ」

「はあ……ダイン、ちょっと黙ってろ。俺が説明するから」

レイナルトの話はこうだ。屋敷の地下には酒の貯蔵庫があるのだが、そこに貯蔵されているお酒が減っていることが、先日私とノエルがピクニックに行っている間に判明したのだそうだ。そのため貯蔵庫の管理をしているダインに話を聞いていたが、彼はまったく身に覚えがないと言う。

「秋の建国祭……今年は地霊契祭もあるし、旦那様も帰ってくるしで盛大に執り行おうと思いまして、在庫を確認したところ、色々な樽の中身が目減りしていました」

ちらっとダインを見ると、彼はまだ腰を抜かしたままぷるぷると震えていた。横領には見えない。

「でも、実際に、ダインはそういうことをするやつではないんですよ。……そういうことをしないと思われていた人に知らない一面があった、みたいな事案がこの前発生したばかりではありますが……」

レイナルトは失言だったと思ったのか、ごほんと咳払いをした。

「そうね」

それに気が付かないフリをしてうんうんと頷く。

「この通りダインは知らないと言っていて、実際こいつは下戸なので横領を疑っているわけではないんですが……鍵を持ち出せる人間だったら、別に隠れて飲む必要もないんですよね。だから分からない」

エメレットはお酒の産地なので、質の高低はあるとはいえ比較的簡単に手に入る。貯蔵庫にあるものは一級品ではあるけれど、危険を冒してまで盗み飲むほどの価値はない……と思う。

「逆に原因不明の怪現象でも困るということよね」

「ええ。とりあえず、樽の破損や環境の変化なども考えられますから……これから、再度調査に向かおうかと」

レイナルトの調査に私もついていくことにした。

貯蔵庫へ向かう地下への階段を下りると、ボグズが扉の前で神妙な顔をしながら腕を組んでいた。

「あら、ボグズ。どうしたの」

酒の貯蔵庫への鍵は二つ。領主代行である私の机の中と、貯蔵庫前の事務室。鍵が必要な人はそこから借りる手筈になっているが、実際にここに来るのは数人、ほぼ全員がダインより地位が上の人間ばかり。ボグズもその例に洩れず、酒類が料理やデザートに必要な時は持ち出して、事後報告で帳簿にメモをつけておくのだけれど。

「香り付け用の酒が開封されてまして」

調理場に置いてあったものがなくなったので在庫を取りにやってきたのだが、それが開封済みになっていたのだと、半分ほど減ったラム酒の瓶を見せられる。

「アリー様とノエルお嬢様に出す料理に、こんな怪しい開封済みの酒を使えねぇ」

「一体、誰が飲んでるんだよ……」

レイナルトは呆れた声をあげた。誰かがこっそりお酒を飲んでいるのは明らかなようだ。

「屋敷の中に、そんな人がいるなんて思いたくないわ……」

「……人間じゃねえかもしれねえ」

「りょ、料理長。それってどういうことですか？」

ずっと俯いて黙ったままだったダインがすがるような声をあげた。ボグズに心あたりがあるということは、それすなわちダインの無実が証明されることになるのだから。……人間ではない犯人がいるとなると、それはそれでまた別の対策が必要になると思うけれど……。

「どういうことですか？」

レイナルトの問いに、ボグズはくわっと目を見開いた。

「『酒ぺろ』の仕業じゃねえか、これ」

「酒ぺろ……って、絵本に出てくる魔物よね？」

酒は熟成する過程で、幾分かが蒸発してしまう。人はそれを「精霊の分け前」と呼ぶ。けれど、その部分を超えてお酒がなくなってしまった時、エメレットに昔から住む人はこう言う。

怪異「酒ぺろ」が出たのだと。

「はい。この屋敷に『酒ぺろ』が棲みついちまったんじゃねえかと」

「なんでこの屋敷に。もっといいところがあるだろうに」

「グルメなんだろうさ」

「酒ぺろねえ、俺が子どもの時はよく聞いたけど……さすがに時代遅れじゃ？」

「怪異に良いも悪いも、古いも新しいもあるもんか」

「でも、エレノアさんがアズマリアさんの代わりに薬草の煙で悪いものを追い払ってるんじゃないですか？」

「あのねーちゃん信心薄いからな」

「信心のあるなしで薬草の効果が変わるわけじゃないでしょう？　怪異ではないと思うの。ここはエメレットの中心とも言えるし」

悪いものではないのにお酒の貯蔵庫を飲み荒らすなんて、じゃあ何ですかと聞かれても答えられないけれど。

「じゃあ、あれだ。もうすぐ地霊契祭でしょう？　大精霊様が顕現して、ここのお酒を飲んでいる」

ダインの言葉を、レイナルトとボグズは笑い飛ばした。

「それこそ、精霊がそんなネズミみたいなことをするなんて、嫌だろうが」

「そうだぞ。そんな荒唐無稽なこと……」

精霊と聞いてカシウスが昔言っていたことを思い出す。森から迷い出た精霊のかけらが、人間を観察するために私たちのすぐそばにいる……。

「あんがい、精霊が屋敷の中に居るかもしれないわ。湖にもいたのだし」

私を、三人が一斉に見た。

「……そんな訳ないと思いますぜ！」

「そんな訳ないですね！」

「もしそうだったら、話が早いんですけどね～」

「……そうね、居たらとても素敵だなと思うけれど」

こういう時にカシウスがいてくれたら真偽の程を確かめられたのだけれど、いないのだから仕方がない。彼の帰還を待っていては、貯蔵庫がからっぽになってしまう。

「夢物語は置いておいて。とりあえず、罠を張ろうと思ってんだ」

ボグズの言葉を聞いて、今度は精霊の森でのことを思い出した。そう言えば、精霊はパンで罠にかけることができるんだったわ。魔物もお酒で罠にかかるのかしら。

「アリー様ー！　何処ですかー！」

考えこんでいると、上階で、私を捜すエレノアの声が聞こえてきた。

「酒の貯蔵庫よー」

声を張り上げると、エレノアが駆け足で下りてきた。

「おや。こんな所で雁首揃えて何を？」

「怪奇現象の原因を調べている」

レイナルトの言葉にエレノアは肩をすくめた。

「この屋敷も次から次へと大変だな。……エメレット伯爵から酒が届いたんだが、搬入していいのか」

そういえば、ワインが送られてくると手紙に書いてあった気がする。

「ええ、運んでちょうだい」

ワインは数箱しかなかった。非常に貴重な品のようで厳重に梱包してあり、中にも手紙が入っていた。

「親愛なるアリエノールへ。先日お伝えした通りワインを送ります。妃殿下の言うことには非常に甘く、女性に人気だとか。向こうの国ではワインに果物を漬けこむのが流行りだそうです。いくらか皆に振る舞って、今後の参考にしてください。葡萄の苗も何本か買い付けました。よろしくお願いします」

業務連絡のような手紙は一先ず置いておいて。他国の王室献上品の印が付いているから、このワインが貯蔵庫で一番貴重な品ということになる。

「こんな立派な酒があると知ったら、『酒ぺろ』はまたやってくるだろうな」

そう言いながら、ボグズはカシウスの書き付けた「果物を漬け込んだワイン」について思いを馳せているようだった。

「そうだ、思いついた。これでその……果物漬け？　を作って罠を張りましょうよ」

「やめろよ、もったいない」

ダインの下戸らしい思いつきをレイナルトがたしなめた。

「でも、レイナルトさん！　これって、まだ俺の疑い晴れてませんよね⁉」

「まあ……うん」

「いいわよ、罠を作って」

「奥様、それはさすがにもったいなさすぎやしませんかね」

「罠が無駄になったら、皆で飲めばいいじゃない」

私がにやりと笑って見せると、皆が一様に悪い顔をした。……正しいことをしているつもりなのだけれど、そう感じてしまうのはどうしてなのだろう……。

「やっぱり、もったいなくないか？」

「罠だから貴重で高級な方がいいんじゃないですか？」

「お前が本当に酒に興味がないのは分かったよ」

「じゃあ、こっちの桶は高級なの、こっちの桶は安いワインで漬けるか。旦那様のメモにも安いワインのほうが美味くなるって書いてるしな」

「了解、そら、入れろ。どばどば～っと」

「うわ、なんかめっちゃ悪いことしてる気分になってきた。旦那様、ごめんなさい」

貯蔵庫での罠作業を見守っていると、ノエルが近づいてきた。

「ねえねえ、アリエノールはお酒のまないのに、なにしてるの？」

ノエルは普段は人が少ない貯蔵庫に大人が沢山いることを不思議に思っているようだ。

「遠い遠い、海の向こうの国に嫁いだ姉がお酒をプレゼントしてくれたの」

「海のむこう……海のむこう、ノエルしらない」

「私もよ。とっても美味しいお酒だそうなのだけれど、果物に漬けたら、もっと美味しいらしいから今仕込んでもらっているの。オレンジと、桃と、干した苺と林檎と……」

ノエルは大きな緑の瞳をキラキラとさせながら、私の話を一字一句聞き漏らすものかと真剣に耳をかたむけている。

「そ……それは、森にも、おそなえするのかな」

「このお酒はエメレットで造られたものではないから、しないわねえ……生ものだし」

「じゃあ、この機会を逃したら、精霊はもう一期一会のお酒には巡り合えないってこと⁉」

「随分難しい言葉を使うようになったなあ……」

ノエルの流暢な言葉にダインは感心している。私も少しびっくりした。

「そうね。葡萄の苗は送られてきたけれど、土地が違うから同じ味にはならないでしょうねぇ」

「あ、あう……」

「ちょっと、味見……うっわ、甘っ。俺は普通のエメレットの酒でいいかな」

「どれどれ……ふん、確かにクソ甘いな。旦那様は甘党だからなあ」

「の、ノエルも……」

レイナルトとボグズがワインの味見をしているのが羨ましいのか、そちらに近づこうとするノエルを手で押しとどめる。

「ノエルは私と一緒にジュースを飲みましょうね」

ノエルはとても残念そうに、桶一杯のワインと果物を見て歯がみをして、それからまたどこかへ行ってしまった。

「アリー様、何か楽しいことがおありですか？」

外回りから戻ってきて、何も知らないエレノアが屋敷の中の浮ついた雰囲気を察知して、声をかけてきた。

「さあ、明日あたりはパーティーかもしれないわ」

パーティーですか、それは楽しみです。とエレノアは愉快そうに笑った。


翌日の朝、目が覚めて仰天した。

隣で寝ていたはずのノエルがいないのだ。食堂にもいない。しかも、誰もノエルの姿を見ていないと言うのだ。

「ノエルー！」

どこかに隠れていたり、ふらふらと出歩いたりして姿を見かけないのはいつものことだけれど、朝食に出てこないのはまさしく非常事態だ。

「ノエルー！」

屋敷中を捜しても、ノエルは出てこない。どうしよう、どこに行ってしまったのかしら。

「ねえ、ダインはノエルを見なかった⁉」

出勤してきたダインが貯蔵庫の鍵を開けようとするのを見て、声をかける。

「え、いや……」

中途半端に開いた貯蔵庫の扉の隙間から、強い、甘い酒の匂いがした。

「あれ、もしかして罠の蓋が開いて……って、うわーーーーっ‼」

貯蔵庫の中を覗き込んだダインが絶叫した。

「な、何事⁉」

「お、お、お嬢様がっ‼」

ダインは腰が抜けてしまったのか、へなへなとその場に崩れ落ちる。ノエルが施錠されているはずの貯蔵庫に入り込んでいる……？

薄暗い貯蔵庫を覗いて、私は言葉を失った。

昨日仕込んだ桶一杯のワインに、顔を突っ込んだまま、ぴくりとも動かない小さな体。

「の、ノエルーーっ‼」

駆けよって、ノエルを桶から引きずり出す。屋敷の中で溺死なんて……！

「ノエル、ノエルっ、しっかりしてっ！　嫌ーっ‼」

引き上げて、全身の力を込めてノエルの頬を叩く。一体いつから。私が一緒にいながらこんなことになってしまうなんて……！

「うい～」

ばんばんと叩くと、ノエルが呻いた。息はあった！　一先ず、命があったことに安堵する。

「アリー様、どうしました⁉」

叫び声を聞きつけたレイナルトが地下へ駆け下りてくる。

「医者を呼んで！　ノエルが……ノエルが！　顔は真っ赤で……息は酒臭くて……！」

「え、つまり酔っ払ってるってことですか？」

先ほどの衝撃的なシーンを見ていないレイナルトの呆れた様子を見て、私は落ち着きを取り戻すことができた。

「よ……酔っ払、い？」

「うい〜」

私の腕の中のノエルは確かに温かいし、小さな胸がすうすうと呼吸をしている。けれど顔は真っ赤で、視点が定まらず、呂律も回っていない。

「うい〜酒をよこせ〜」

「の、ノエル……？」

一先ずは無事そうで良かったと思う。けれどこれは……。

「酔っ払ってますね」

「なあんだ、ノエルお嬢様が犯人だったのか〜。よかった〜」

「良くねえよ……」

自分の失言を自覚したのか、ダインは医師を呼ぶために階段を駆け上がっていった。

「うい〜〜酒をもっとよこせ〜」

「の、ノエル。子どもはお酒を飲んではだめなのよ」

「大丈夫じゃ、問題ないぞぅ」

「大ありだろ……」

レイナルトが、深い、深いため息をついた。

「亡くなった大旦那様も、そのお父上も、代々エメレット伯爵家は酒豪で知られていました。血は争えないということですかねえ……」

エメレットと聞いてノエルがむくりと私の腕の中で起き上がった。けれど頭はぐらんぐらんしていて、髪の毛から寝間着までがワインで染まっていて、正直かなり怖い。

「おお、セファイアの姫ではないか。ちこうよれ」

ノエルが随分と尊大な様子で私を呼んだ。

「ノエル、まずはお水を飲んで」

「そう、我はノエルという名前をもらったのじゃ。だけども姫よ、勘違いするではないぞ、おぬしなぞ我が指でピン！　とすれば、あっと言う間におぬしを瑠璃で出来た像にしてしまうことだってできるのじゃぞ」

……何ごっこのつもりなのかしら、ノエルったら。酔っ払いって怖いわね。

「はいはい。怖いわね。はい、お水を飲んで。とにかく沢山飲んで、体の中から出しちゃうのよ」

怒るのは、とりあえず安全を確保してからだ。

「よしよし、よーしよし。ういやつじゃ」

ノエルが私を撫でてくれるけれど、私は継母として、厳しく接しなくてはいけない。いけない、いけない……のだ。

「ちょっと、アリー様。絆されないでくださいよ。これ、ガチで怒らないといけないやつですから」

「でも、たまたま、今日だけかもしれないし……」

「ここのお酒は全部ノエルのものなのら～～」

ノエルが石の床をバンバンと叩いた。……完全に、タチの悪い酔っ払いだ。

「子ども扱いするな～」

「はいはい。じゃあ、今度からクソガキって呼ぶからな」

「なんだ～レイナルトのくせに生意気なのら～せっかく髪の毛を生やしてあげたのに」

「な、なななんで俺の円形脱毛症のことを知って……！」

レイナルトが、ばっと後頭部を押さえた。一連のノエルの騒動でそんなにも彼の心に負担がかかっていたなんて……。

「ささげよ、我にお酒もお菓子も全部ささげよ～～さもなくば、恐ろしい災いがふりぞよよよ～」

ノエルはよくわからない言葉を発しながら、冷たい石の床にごろりと転がった。……見た目が愛らしい子どもだから少し緩和されているけれど、絵に描いたような飲んだくれだ。

「ほら、アリー様、ほら。自白ですよ、自白」

「う～～」

確かにお酒を飲みたがっていたけれど、今まで減ってしまった分は全てノエルが飲んでしまったというのだろうか……？　この量を、全部？

「ノエル、子どもはお酒を飲んでは駄目なのよ。まだ体が出来上がっていないのだから」

「だって～いっつもは、平気なんだもん。エメレットのお酒なら平気だったのに～これはノエルを陥れるための陰謀なのら～おのれカシウス、こんなお酒を送ってきて、エメレットの平穏を乱そうとするとは領主の風上にも置けんやつ～～」

「はいはい」

ちょっと普段のノエルに戻ったかと思ったけれど、やっぱり何を言っているのかわからなかった。

「カシウスめ、エメレットの誇りを忘れてセファイア王家の犬に成り下がりおって。なげかわしい。このノエルが、真に仕えるべきは誰なのかを、きっちりと教え込んでやらねばばば……」

「やべえこと言ってんな、エレノアに見つかる前になんとか大人しくさせないと……とりあえず、上に連れていきましょう」

「ゆるせぬ……」

ノエルはふらりと立ち上がって、階段を上り始めた。

「の、ノエル⁉　待ちなさいっ！」

ノエルはふらふらで足つきがおぼつかないはずなのに、素早い動きで階段を駆け上っていった。

「レイナルト、捕まえて……」


「アリー様、大変ですーっ！」

喋り終わるより先に、階段の上から屋敷中に響き渡るエレノアの絶叫が聞こえてきた。

「た、た、大変です。なんの連絡もなしに、突然、殿下がっ！」

地下へ駆け下りてきたエレノアの顔はまさしく顔面蒼白だ。

「で、殿下って、どの殿下⁉」

私には姉が二人、兄が一人、弟が一人いる。エレノアから見れば全員殿下だ。

「……グルナネット様です！」

「な、なんて、こと……」

考えうる限り、最悪の状況だった。すぐ上の姉は……気が強く、プライドが高く、そして……とても、おしゃべりなのだ。

もしノエルのことをカシウスや両親よりも先に、グルナネット姉様に知られたら。

それこそ国をひっくり返したような大騒ぎになるだろう。

「ノエルを見つけなきゃ……！」

と覚悟を決めた瞬間に、玄関の方からボン！　と嫌な爆発音が聞こえた。

……どうやら、もう間に合わないようだ……。


中途半端に開いた玄関の扉に、先に走っていったはずのレイナルトがかじりついていた。

「ちょ、ちょっと、何か……扉が開かないんですが!?」

「おそらく、外の魔力が圧をかけているから開かないのよ」

隙間から外を覗くと、グルナネット姉様とノエルが対峙していた。二人が顔を合わせて何も起きないとは思わなかったけれど、ノエルがべろんべろんに酔っぱらっているというのが輪をかけてまずい。

扉を押さえつけるほどの濃い魔力はグルナネット姉様だけではなく、自制心を失ったノエルからも放たれているのだ。

「グルナネット姉様、アリエノールです！」

必死に声をかけてみるけれど、私の声は姉様には届かないようだ。きつくノエルをにらみつけた姉様は、私に見向きもしない。

「ノエル……っ！」

ノエルもまた、今までに見たことのないような険しい顔で、姉様を睨み付けている。

「そこの小娘。名を名乗れ！」

「お前がさきに名をなのれ～～～～！」

ノエルはこの状況でもまったく臆することがない。グルナネット姉様に睨み付けられて、よくそんなことができるものだわと感心してしまう。

「お前、うそつきのセファイアの姫だな！　そのぐるぐるをちぎって食べてやる～！」

「わ、わたくしを王女と知りながらなんと不敬な……！」

「お前が不敬だ～～こっちはノエルさまらぞ～～」

グルナネット姉様の怒りに呼応するようにちっと、音を立てて魔力が爆ぜ、庭の木が一瞬にして燃えつきた。反対側では庭で子どもを遊ばせていたのだろう、マルティーヌが二人の子を抱えてよたよたと逃げようとしているのを、いつの間にか窓から外へ出たらしいエレノアが助けているのが見えた。

「私も外へ……！」

「いやいや、危ないですよ！　このままここに！」

扉一枚あろうとなかろうと、もはやそれは誤差でしかない。

「ノエルの……森を、燃やすなー！　ここはノエルのうちだぞー!!」

叫びとともにノエルがまとう魔力が一層強くなった。……こんなことは、ありえない。魔力が多すぎる。もしこれが現実ならば、ノエルの魔力は人の範疇を超えていることになる。

「フン。農民の子にしては、ずいぶんと気取った術を使うわね。いいでしょう、お前の処遇はたっぷりとお灸をすえたあとに考えてあげる」

姉様が得意とする結界魔法が、ノエルの足元に魔法陣を作った。結界を張ってノエルを中に閉じ込めて、ノエルの魔力を内側で暴発させるつもりだろう。

「二人とも、待って……！」

「やんのか、あー！」

「やるに決まっているでしょう、わたくしを誰だと思っているの！」

二人は完全に水と油のようで、完全に頭に血が上っている。殺すつもりはないだろうけれど、ノエルが姉様に捕まったら、きっとペットにされてしまう……！

「姉様ーっ！　お願い、やめてくださいっ！　その子は、私の……っ！」

バン！　と魔力が爆ぜたと感じた瞬間、あたりを覆っていた魔力の圧が完全になくなって、私とレイナルトは扉ごと外にいきおいよく倒れこんだ。

「うっ……」

「いたた……なんか、見た目の割に地味な爆発でしたね……？」

「お互いに、打ち消し合ってしまったのよ……」

土埃の中で目を凝らすと、ノエルとグルナネット姉様がうつ伏せで倒れていた。

「な、なんてこと……っ！」

あまりのことに、言葉がない。

マルティーヌを避難させたエレノアが戻ってきて、グルナネット姉様を抱き起こした。

「外傷なし、意識不明。脈があり、自発呼吸はしています。……失神しているだけです。命に別状はないかと……」

「た、助かった……」

私の下敷きになっていたレイナルトが安堵のため息を漏らした。

「……でも、ノエルは……！」

「うぅ……」

ぐったりとしている小さな体を抱き起すと、ぐったりと脱力しているが、規則正しい呼吸をしていた。

「ノエル、大丈夫？　どこか痛い？」

「う〜、もう食べられないよ〜」

……どうやら、ノエルも命に別状はないようだ……。

「うっ……すみません、胃薬を飲んでもよろしいでしょうか……」

レイナルトが真っ青な顔で言った。

「いいわ。………エレノアは？」

「頭痛薬を飲んでいますが、まったくおさまりません……」

ノエルとグルナネット姉様の邂逅は、相打ちで終わった。二人の他には人的被害はなく、庭の木々が燃えて、扉が風圧で吹き飛ぶ程度ですんだ。手前の村にとどめてあった護衛の騎士たちをなんとか誤魔化して、グルナネット姉様だけを屋敷に運び入れた。

今はノエルも姉様も、双方意識を失っている状態だ。

それにしても、ノエルには信じられない。グルナネット姉様と言えば魔術の天才で、国内に並ぶものはないと言われているのだ。

その姉様と相打ちだなんて、末恐ろしい子だ。ただの賢い子だと思っていたけれど、道を踏み外さないように今後しっかり監督しなくては……。

「終わった……エメレットはもうおしまいだ」

レイナルトが頭を抱えて、悲痛な声で呻いた。

いくらノエルがエメレット伯爵令嬢で喧嘩の相手が私の姉だとしても、王族に手を上げてしまったことは事実だ。エメレットのお家取り潰しまではいかなくても、相当の処分が下されてしまう可能性は大いにある。

「潔く謝って、なんとか口止めをするしかあるまい……」

エレノアの顔には絶望が滲んでいる。

「口止め……できるのか？」

「高慢ちきで口が悪い人だが、根は悪い人ではないので……」

エレノアの声がどんどん小さくなってくる。

「もしかすると、才能を見込まれて、ノエルお嬢様の身元引き渡しだけで満足してくださるかも」

「それ、人体実験の材料ってことか？」

「まあ……うん……いや、助手か下働きとしてこき使われるぐらいで……」

「私が行って説得してくるわ。二人はノエルの様子を見るのと……隠蔽工作をお願い……せめて屋敷の外には漏れないようにして」

「はい……」

二人はいつもより二回りぐらいしぼんで見えた。

しっかりするのよ、私。ノエルを守れるのは、今、私しかいない。このために王女として生まれたに違いないのだから。


「姉様の様子はどう？」

来客用の寝室には医師とヤズレン、そしてラナが詰めていた。

「とても健やかに眠っていらっしゃいます」

「そう……」

確かに眠っているグルナネット姉様はぐっすりと……よい夢を見ているようにも感じる。そうであってほしいという願望にすぎないと思うけれど……。

「うう〜ん……」

姉様が、うなり声とともに顔をしかめた。

「姉様！」

「……ふにゃ……アリー？」

「はい、アリエノールです」

よろよろと、額を押さえて起き上がった姉様を支える。

「わたくし……どうして、ここに？　確か、馬車を降りて……」

「ね、姉様、ごめんなさい。悪気はなかったのです。どうか、温情を」

「？　ここの使用人がわたくしの到着に気が付かず、庭先の木にハンモックをつるして昼寝をしていたこと？　別にいいわよ、そのくらい。ここはそういう田舎だって、わたくしも最初から諦めているもの」

「へ？」

話題が思ってもみない方向に転がっていき、困惑してしまう。

「子どもの件は……？」

「ああ……反対側に、赤ん坊が二人いて、芝生の上を這いずっていたわね。わたくしにびっくりして回収しようと母親が焦っていたけれど、赤ん坊ってけっこう素早いのね。滑稽で面白かったから、アリーが謝ることじゃないわ。わたくしだって、赤ん坊に王女として認識されているとは思わないしね」

話が噛み合わない。ノエルの魔力をぶつけられた衝撃で、意識が混濁しているのかしら？

「それで、カシウスの……」

「そうそう、エメレット伯爵よ。あいつのすました顔を思い出したら、むかついてきたわ」

「も、申し訳ありません」

「アリーが謝ることじゃないのよ。ああいう人は、生まれつき性根が曲がってるんだから」

様子を見にやってきたエレノアが寝台の反対側で、何かを言いたそうにむずむずをこらえている。

「私も彼を支えてあげなくてはいけなかったのですが、力及ばず……」

「いいのよ、アリー。思い返せば、彼はこうしてわたくしにワインを少ししか献上しなかったことで、あなたに会う口実をつくってくれたのかもしれないわ」

「ワイン？」

どうしてここでワインの話が出てくるのか。私にはもう、グルナネット姉様がわからない。

「ええ。ここにも届いたでしょう、エキュマリーヌ姉様のワイン。気に入ったからもっとよこしなさいよと言ったら残りは全部エメレットに送りましたから、だもの」

「あの甘いワインですか？」

それが飲みたくて、姉様は突如エメレットに現れたのだと言う。

「ええ。もう全部飲んでしまったのよ。せっかくだからあなたの顔を見るついでに、残りをいただこうと思って。どうせアリーは飲まないのだから、わたくしが貰ってしまっても良いでしょう？」

グルナネット姉様ったら、王女の身で伯爵にワインをたかろうとしていたの……？

「……ええ、どうぞ。姉様の好きなだけ持っていってくださいな。今は果物を漬け込んでいるところなんです」

「やだ、アリーったら。あれはそのまま食後に飲むのがいいのよ。それじゃ甘すぎるわ。田舎って食のセンスがないのね、素材はいいのに」

……どうやら、姉様はごく一部の記憶を除いて通常営業のようだわ。


「……朗報よ！　どうやら姉様はノエルの魔力を受けた衝撃で、ノエルのことを完全に忘れてしまったらしいわ」

エレノアとレイナルトと三人で顔を寄せ合って、今後の作戦を練る。姉様は周りの空気を読んでしらばっくれてあげる、なんて器用なことは出来ないお人だ。あれは完全に忘れている人間の顔だった。

「大変失礼ながら、これはまさしく渡りに船というやつかと……」

「ええ。なんとしても、姉様にはこのことを思い出さないまま帰っていただくわ」

「では、アリー様はグルナネット王女殿下の接待をお任せします。俺はひいばあちゃんを連れて寝室に立てこもり、ノエルお嬢様を軟禁します。部屋からは一歩も出しません」

「ええ」

「エレノアは遊撃部隊として、俺たちの間を行き来して情報を渡してくれ」

「わかった」

「……元々、屋敷の人間には箝口令を敷いてある。現状、何かの情報を掴んでこちらを探りにきたということはないと思う。なんとか乗り切って……エメレットに、平穏を」

「アリー様、どうか、何卒……」

「私もエメレット伯爵夫人。なんとか誤魔化してみせるわ」

円陣の中心に手を出すと、エレノアが手を重ね、その上にレイナルト。

「私達に、精霊のご加護があらんことを」

特に打ち合わせもなしに、三人の声が揃った。


「アリーったら、随分元気そうね」

姉様は湯につかり、気持ちよさそうに伸びをした。屋敷の中に温泉を引いてありますから旅の疲れを癒やしてくださいと誘うと快く応じてくれた。……記憶は飛んだけれど、体調にはまったく影響がないようだ。

「はい。最近、とても体の調子がよくて」

「それは良かったわ。もう、あなたがこの家に嫁いで十年にもなるものね。なんの娯楽もない田舎だけれど、水と空気はきれいだものね」

この十年、グルナネット姉様は他国に嫁いでしまった長姉のエキュマリーヌ姉様や王太子としての公務で忙しい長兄のカルディナード兄様の代わりに、ルベルと交代で私の様子を見に来てくれていた。……その間、姉様の態度がいい方向へ軟化した印象はなかったけれど、それはそれ、これはこれ。倒れたにもかかわらず、姉様の機嫌はよさそうだ。

「これも、精霊の導きのおかげだと思います」

「アリーったらお父様のようなことを言うのね。この前なんて、アリーが生きながらえているのはエメレットのおかげだと陛下が直々にエメレット伯爵にお声をかけたのよ」

「そんなことがあったのですか？」

エメレットに嫁いでから華やかな社交の場に出たことがない。たまにやってくる姉様やルベル以外に、きらびやかな社交界の話をする人はいない。もちろん、カシウスもそういった場が好きじゃないと思っていたのだけれど。

「カシウスはなんて？」

「私としましても、殿下とご縁を結べたことは望外の喜びでございます、なんちゃって。白々しいんだから」

「私って、まだ『殿下』呼びなの？」

自分の中では……というより、臣籍降嫁した私の身分は伯爵夫人でしかない。古い知り合いの前では私も対等に振る舞ってはいるし、伯爵令嬢のエレノアに対しても昔のままで過ごしているから、なあなあになってしまっているところはあるけれど。

「それはそうよ」

姉様は私の髪の毛の一房を取って、もてあそんだ。

「あなたはわたくし達のかわいいお姫様だもの」

「私、もう子どもじゃないわ」

姉様と違って私は既婚者で娘だっているのだからとは、言いたいけれど、言えない。

「ルベルから聞いたでしょう？　王都に戻ってきなさいな。皆あなたを待っているのよ」

「それは、そうかもしれないけれど。私、ここにいたいのよ」

「アリー。エメレット伯爵はそうは思っていないの」

「どうしてそんなことを言うの？　姉様は私に不幸になってほしいの？」

思わずむっとすると、姉様は少し慌てたようだった。

「そんなつもりじゃないのよ、ごめんなさいね。わたくしだって意地悪をしたいわけではないわ。あなたがここを気に入っていて、愛し、愛されているところを邪魔しようだなんて、今はもう思っていないの。でも、わたくし達は王族だから」

……私はもう王族ではない。けれど、皆が私を姫と呼ぶ。白い結婚だから、子どもがいなくて病弱だから、頼りない子ども扱いをされている。それが情けなくもあり、腹立たしい。

「わたくし、明日の朝には帰るわ。入れ違いでエメレット伯爵が戻ってくるはずよ。……彼と、きちんと話をしなさいな」

グルナネット姉様はそう言って、俯いている私の頬を撫でた。

「ええ、それはもちろん」

たとえ他の人が私達の結婚に否定的な意見を持っていたとしても、どのように生きていくかは私達の勝手だ。……もうノエルという子がいるのだから、私達に別れるという選択肢はないはずだ。

だって私はカシウスを嫌っていないないし、カシウスも……私を異性として認識してはいないけれど、嫌ってはいない……はず。ノエルのことは……それはそれ、これはこれ。

私が全然死にそうになくて、跡取りの子がもう居るとなれば、夫婦としてやり直すのはこれからだ。

……それなのにどうして、こんなにも胸騒ぎがするのか、自分でもよくわからない。


翌朝早くに発ったグルナネット姉様の馬車を見送ってから、今度は寝室へノエルの様子を見に行く。ノエルは寝台そばに控えているアズマリアに長々とお説教を食らっていたようで、蛇に睨まれたカエルのようになっていた。

「そのような悪い子は、昔は樽に詰められてしばらく森へ放置されたものですじゃ」

「たるに詰めて……!?」

「はい。そして食事はパンとスープのみになります」

「ノエル、そんなのいや！」

「しかたありますまい。悪い子なのですから。悪いことをしたら罰があたるのです」

「ごはんない……」

ノエルはそれが心底恐ろしいようで、布団の中でぶるぶると震えている。

「アズマリア、ご苦労様。……ノエルは元気そうね」

「ごめんなさい」

ノエルは私を見るなり、ぺこりと頭を下げた。

「アズマリアの言う通りよ。子どもはお酒を飲んではいけないし、人のものを勝手に食べたり飲んだりしてはいけないの。ノエルだって、大事に取っておいたおやつを誰かに取られたら嫌でしょう？」

「はい」

しゅんと俯いてしまったノエルの頭を撫でる。……また甘やかしてしまったわ。

「具合は悪くない？」

「今まではだいじょうぶだったのに……エメレットのお酒じゃないからぐるぐるした」

「やっぱりずっと飲んでいたのね……それにね、あなた、グルナネット姉様に魔法を使ったでしょう。あの人は私の姉だから何とかなったけれど、この国のお姫様なのよ。いえ、お姫様じゃなくても人に向かって許可無く魔法を使ってはダメよ」

「うー、はい、わかった」

「いい？　問題を起こしたら、一緒にいられなくなるわ。私だって、いつまでもかばってあげられないのだから……」

「わかった。ノエル、いい子にする」

「ありがとう。……ノエルのために、私も気を付けるわ」

ノエルはこくりと頷いてから、お腹を撫でた。

「いっぱい寝たからお腹すいた。ごはんのまえにおやつたべたい」

「悪い子はおやつはなしよ」

「ええーっ……」

「もうすぐカシウスが帰ってくるから、ちゃんといい子にしないと。その練習よ。悪い子はおやつが食べられない。いいわね」

「……うん……がんばる……」

カシウスが私よりノエルに厳しいのは間違いがないと思う。……そもそも、一緒に暮らしていなかったノエルとカシウスが、仲良くできるのかしら……。

「ノエルは大丈夫だよ。でも、カシウスはおこるかも。ノエルが勝手にきたこと……」

「怒るわけないじゃない？」

「そうかなあ。ノエルはカシウスがおこったら、かえらなきゃ」

そんなことがあるはずがない。だってノエルはこのエメレット伯爵家の、たった一人の子どもなのだから。

十六章　旦那様はたいへんお怒りのようです

「アリー様、朝食前に申し訳ありません。少しよろしいですか」

レイナルトが神妙な顔で声をかけてきた。

「どうしたの？」

また何かとんでもない事件が発生したのかと身構えてしまう。……入れ違いに、カシウスじゃなくてルベルがやってきたとか。

「旦那様から通信が入りました。驚かないで聞いてくださいね。これから帰るって言うんです。エメレットに」

「……まあ、とうとうね」

魔力通信が入るということは、それはつまりカシウスが手紙の通りセファイア領内に入ったことを意味する。それだけでは驚くような話ではなくて、つまり彼が自分の口で今から帰ると宣言したことが私達にとって重要なのだ。


『おはようございます、アリエノール』

カシウスは港から通信をしているようで、後ろでウミネコの鳴き声が聞こえていた。

「ええ。無事帰国できたようで何より」

『……先ほど、セファイアの港に到着しました。手続きを済ませて、三日ほどでエメレットに戻ります』

「待っているわ。ピクニックから戻ってきても体調はよいのよ。きっと私を見て、驚くと思うわ」

『そうですか……。それはとても嬉しい報告です。何か入り用の品はありますか』

「大丈夫よ。ルベルがしょっちゅう色々なプレゼントを持ってきてくれているから」

でも、ノエルには何か必要かしら？　彼女を見ると、ノエルは私から少し離れたところで、じっとこちらの様子を窺っていた。手で招いても、こちらに近づいてくる様子はない。

……一緒に暮らした訳でもないのなら、そんなものかしらね？

『……長い留守になりましたが、よいご報告ができると思います』

「あら、なにかしら？」

冷めていて、悲観的なものの考え方をするカシウスがこんな思わせぶりなことを言うのは珍しい。手紙にも書いてあったことだ、ノエルのことではないだろう。とすると……見当がつかない。

「気になるわ。私にだけ、先に教えてちょうだい」

『帰郷したときのお楽しみと言うことで。……随分、声が明るい。本当に、お元気そうでなによりだ』

「わかる？」

つとめて冷静に聞こえるようにしていたつもりだけれど、カシウスにはあっさりと気取られてしまったようだ。周りの人はカシウスのことを血も涙もないやさぐれた仕事大好きの不実な男のように言うけれど――彼は私をいつも注意深く観察して、気を遣ってくれている。ただ、私とカシウスの間に引かれた線からお互いに一歩も出ないというだけだ。

『ピクニック以外でも、何かいいことがありましたか』

「あなたが帰郷すると聞いて、わくわくしない訳がないじゃない？」

『形だけの夫が戻ってきても、楽しくはないでしょう』

「あら、そんなことはないわ」

ノエルがやって来てから屋敷の中はとても明るくなった。最初は不祥事に戸惑っていた使用人たちも、今は屋敷中がノエルの虜だ。皆、ノエルを見てカシウス坊ちゃんの子どもの頃はああだった、こうだったと思い出話をしてくれて、そのたびに私は手に入れられなかった子どもの頃のきらきらした記憶を自分のものにできるような気がしていた。

いつの間にか通信が入っていると聞きつけたのか、半開きになったドアの向こうで使用人たちが様子を窺っているのが見える。

なんだかんだ、皆カシウスのことが気に掛かるのだ。

「皆が待っているわ、あなたのことをね。もちろん私もよ」

カシウスが帰ってきて、ノエルと三人でここ、エメレットで生活する。とても楽しくなるだろう。そうすれば、きっと私とカシウスの距離も縮まる。いいことしかない。

「お話ししたいことが、沢山あるのよ」

『アリエノール……俺は、あなたに、不義理をしたのに……』

不義理と聞いて胸がちくりとした。いけないわ。その件については極力気にしないようにしているのよ……。

通信機を耳に当てながらぶるぶると頭を振る私を、レイナルトが怪訝な目で見ていた。

「私はあなたに怒ってはいないから。大丈夫よ、ノエルのことは私に任せてください。きっと立派に育ててみせるわ」

『……ノエル……？』

通信機の向こうから何か考え込むような、困惑するような。そんな声がしたのちに沈黙があった。

『ノエルとは？　犬でも飼いましたか？』

「……ふふっ」

『……それか、猫？』

ノエルの名前を聞いて動揺した様子はなかった。彼はやっぱり、ノエルのことを何も知らされていないのかもしれない。

……あら、でも、それはおかしい。だってノエルはカシウスのことを、何でも知っているのだから。

「本人を前にしてしらばっくれるのはやめてあげてね、あなたの子どもなのだから。ノエルがかわいそうよ」

『子ども？』

カシウスは腑に落ちない様子で私の言葉を繰り返した。

「そう、あなたの子どもよ。ノエル。四歳ぐらいかしら？　あなたにそっくりで、とってもかわいい子よ」

ノエルに通信を代ろうと思ったのだけれど、彼女はいつの間にかいなくなっていた。

『……俺の？』

「そうよ。あなたの子ども」

『は……はああああああああああああああああああ⁉』

通信機の向こうで素頓狂な叫び声がした。

私は夫が声を荒げるのを、数年ぶりに聞いたのだった。

『すぐ帰ります、今すぐ帰ります。いいですか、どこにも誰にも。何も。口外しないでください。今すぐ帰りますから、もう何もしないでください。絶対に。いいですね、何もしないで。そのまま、そのままで』

カシウスは一通り絶叫し終わったあと、早口でまくし立て、こちらの返事を待たずに通信は切れた。彼は有言実行、いや不言実行を絵に描いたような人だから、宣言通りにすぐ戻ってくるだろう。

「旦那様はなんと?」

レイナルトが不安そうに、両手の指をこすり合わせながら問いかけてきた。

「大急ぎで戻ってくるみたい。ノエルのことを聞いて驚いていたわ」

「……まあ、そうでしょうね」

レイナルトは胃のあたりをおさえた。これからのことを考えて胃が痛くてたまらないようだ。どんどん痩せていくレイナルトを見ていると、彼の寿命が私より先に尽きてしまうのではないかと思うぐらい……。

私はいつの間にかいなくなったノエルを捜す。食堂にはいない。屋敷を捜し回っていると、ノエルが庭の生垣を通り抜けて、敷地外に出ようとしているのが見えた。

「ノエル、何をしているの?」

慌てて駆け寄り、詰め寄るとノエルはバツの悪そうな顔をした。

「……お、お散歩いこうかなって」

「もうすぐ食事の時間よ」

「ごはん……でも、ノエル、もう行かなきゃ。かえる」

「何を言っているの、あなたはこの家の子なのよ。今更、何処へ行くつもりなの」

急に不安になる。驚愕したカシウスの声。幸せになれるとまったく思っていなさそうなレイナルト。私を王都に連れていこうとするエレノアと、離婚しなさいと言う人達。

本当は怒っているはずなのに、へらへらしていれば、自分も楽しい輪の中に加えてもらえると、打算的な私。

もやもやとした感情をすべてのみ込めば幸せになれるはずなのに、理屈ではそうすべきと理解していても、何だかいつも心のすみに、せつなさを感じている。

……選ばれなかったことに目をつぶれば、幸せになれる。でも、それにはノエルがいてくれないと。

「せっかくのお父様からの連絡だったのに。ご挨拶の練習をしなくてはね。あなたに会いたいから、急いで帰ってくるみたい」

大丈夫。私はこの子の母親になれる。だから立派な妻にだってなれる。そうなりたいと願って、そうあろうと努力している。

「……カシウス、いつかえってくる？」

「え？　急ぐとは言っていたけれど、普通なら三日……だから、明後日ぐらいではないかしら？

さあ、戻りま……っ」

急に首を絞められたように息が苦しくなって、視界がゆらめく。発作だ。急に走って、いやなことを考えて、心臓に負担をかけたからだろう。

「……っ」

胸を押さえてうずくまると、ノエルが心配そうに駆け寄ってきた。

「アリエノール、大丈夫？」

背中を撫でられると、嘘のように発作が治って、呼吸が楽になった。やっぱりノエルは私に力をくれる存在だ。

「ええ……大丈夫。最近は落ち着いていたのだけれど……ダメね、油断しちゃ」

「うん……」

無理矢理笑うと、ノエルは目を伏せた。憂いを帯びたノエルの表情はより一層カシウスにそっくりだ。

「ノエルと一緒にいると、元気になるの。本当よ？　私、もうノエルがいないと寂しくって泣いちゃうわ。だから……今更よその家に行くなんて言わないでね」

子どもにすがる私はとても、情けない。

「う、うん。じゃあ、おことばに甘えてもうちょっとゆっくりするね……」

どこでそんな言葉を覚えたのか。ノエルは本当に、不思議な子だ。

十七章　旦那様から離縁の申し出です

カシウスは宣言通りに、まるで飛んだのかと思ってしまうような速度で戻ってきたようで、翌日の昼にはカシウスが領地の入り口まで戻ってきたと早鐘が鳴った。

「ノエル。どこへ行くつもりなの」

こっそり部屋を出ていこうとするノエルに声をかける。昨日からノエルはずっと落ち着かない。そわそわして、まるで逃げ出す隙を窺っているみたいだと思えば、心配そうに私の手を握ってきたり。

「え、えっと……お腹いたくなっちゃった」

確かに面識のない父親といきなり対面となると、具合のひとつも悪くなるだろう。

「医者を呼びましょう」

「え、あ、お腹痛いの治った。ノエル、森に遊びに行きたい」

「だめよ。もうお昼には帰ってくると思うわ」

急遽早まった帰郷に領内はてんやわんやで、ノエルの遊びに付き合える人員はいない。

「一緒にいましょうね。私はカシウスに見せる帳簿を整理するから、ノエルも一緒に書斎にいて」

「あう」

そんなに強く手をひいたつもりはないけれど、ノエルは情けない声をあげた。

「ごめんなさいね、大丈夫？」

じっとノエルを見つめると、緑の瞳が不安げに揺らめいていた。

「あ、あの、あのね、ノエル、実は……」

「？」

「本当はね……」

ノエルがもじもじと切り出さずにいるうちに、再び見張り番がガンガンと鐘を打ち鳴らして領主の帰還を告げた。

「旦那様の、お戻りだーっ！」

——エメレット領主であり、私の夫でもあるカシウス・ディ・エメレット伯爵の帰還だ。


「お帰りなさいませ」

屋敷の外で彼を出迎えようとあれこれ指示を出している間に、カシウスは恐るべき早足で正門を通り抜け、扉を開け放ったので、挨拶をするのがやっとだった。

明るい少し柔らかめの金髪に、もやのように金がかった緑の瞳。ノエルの髪の毛や瞳の色と、寸分違わず同じ。

ただ、ノエルのようなじっと相手を見透かすような瞳でも、肖像画のような無気力な何を考えているのかよくわからない瞳でもなくて。

彼の目は、怒りに燃えている——ように私には見えた。

「ええ。アリエノール、長い間領主夫人としての務めを果たしてくれたこと……感謝します」

五年ぶりに会ったカシウスは随分背が伸びていた。私より頭一つ分大きく、細身の体ながらかなり威圧感があった。年の割に大人びて見えるのは、相当向こうで苦労したのだろうか。

彼は挨拶もそこそこに、じろりとあたりを――正しくは、私の背後にいる使用人たちを見渡している。

「……」

成長しても仕草は変わらない。――カシウスは怒っているのだ、この屋敷全体に。皆がその気迫に押し黙っていると、カシウスは再び私に向き直った。

「だんまりでは仕方がない。状況を説明してください、アリエノール。誰の子どもがどこに居るですって？」

「カシウス、あなたの子よ」

カシウスは何か言いかけたのをぐっとこらえるかのように息を吸った。

「……いつからセファイア王国は本人の意思とは関係なく子どもがつくりだせるようになったんです？」

まさか、カシウスはノエルを認知するつもりがないのだろうか？

いや、彼はやっぱり子どもが出来たことを知らされていないのだ。戸惑うかもしれないけれど、ノエルの愛らしさを見ればきっと……。

「俺の子どもが知らないうちに生まれているなんて、そんなことはあり得ない」

「でも……」

「俺があなたに嘘をついたことが今までに一度でもありましたか？」

そう、カシウスが嘘を言うことはあり得ない。私はそれを知っている。知っているはずなのに……。

カシウスの冷たい視線は何かを見つけた。彼は私の真横を通り過ぎて、まっすぐ――ノエルの元に向かっている。

コツ、コツ、コツ。ゆっくりとした革靴の音は、まるで断頭台へと向かう処刑人のようだ。

後ろ姿だけでもわかる。カシウスはノエルを――逃げ出せないようにエレノアにがっちりと肩を掴まれたノエルをきつく睨み付けている。

やがて、カシウスはノエルの前で立ち止まった。

「お前は誰だ？」

「……」

カシウスに問いかけられたノエルは全身に汗をびっしょりかいている。

「えと……あの……その、ノエルは……」

「カシウス、あまりひどいことを言わないで……」

「ノエルは……」

言葉は続かなかった。ノエルはうつむき、押し黙ってしまった。

「……埒があかない。おい、お前たち。この子どもは誰だと聞いている」

「旦那様の……隠し子……ではない？」

なんとか、レイナルトがおそるおそる口を開いた。

「隠し子？　誰が言ったんだ、そんなことを」

――誰が、言ったのだろう？　多分、私だ。

「私よ。この子が当家の子どもになりにきたと訪ねてきたので、てっきりカシウス……あなたの隠し子が行き場がなくて父親を頼ってきたのかと……」

私の言葉にほかの人たちが一斉に頷いた。けれど、ノエルは「私はカシウス・ディ・エメレットの子どもです」だなんてただの一言も言っていない。

――ただ、『このうちのこ』になりにきただけ。

「この俺が、カシウス・ディ・エメレットが、妻をないがしろにし、不貞を働いていると⁉」

カシウスの怒号に、より一層室内は静まりかえった。屋敷の人間は誰一人、カシウスがここまで怒ったところを見たことがないだろう。

「この俺が⁉　愛人に庶子を産ませて、あまつさえ妻に不貞の子を育てさせようとするような男だと⁉」

「お……置き去りにしたのは本当ではないですか。そのことでずっとアリー様は心を痛めておられた。出自のあやしい子でも、エメレット家のためになるならば面倒を見なくてはと、アリー様を追い詰めたのはあなたの行動ですよ」

脂汗をかきながら硬直したノエルの肩をがっちりと掴んだまま、エレノアが反論した。

「領地の経営を妻と部下に任せ……五年も戻らなかったことは確かに不誠実だった。けれど、そこまで……そこまで俺は、信用がないというのか……」

カシウスは床にがっくりと跪き、うなだれた。レイナルトの首が壊れかけのおもちゃみたいにゆっくりと動いて、私を見た。

──これは、心当たりがある人間の言動ではない。

レイナルトはそう確信している。

「で、では、このノエルは、誰の子だと言うのです？　この瞳はエメレット家の人間にしか見られない、親類縁者は死に絶えたとこの土地の皆が言うから、アリー様はそのような考えに至ったのですよ。それはどう説明するのです」

エレノアが震えながらも、なんとか疑問を絞り出した。そう考えるだけの状況が揃っていたから、皆はノエルをカシウスの子どもだと受け入れたのだ。たとえそれが、突拍子もないことだったとしても。

「……俺には分かる。そいつは人間ではない。森に棲む、精霊だ」

「あ……」

見開かれたノエルの大きな瞳から、宝石のような大粒の涙がぼろぼろとこぼれて、床にこつんと、音を立てて落ちた。

──どんな魔法を使ったとしても、人間の涙が宝石になることはありえない。

ああ、私が間違っていて、カシウスが正しい。ノエルは人間ではないのだろう。けれど、今更彼女と離れたくはない。カシウスの子どもではなくたって──一緒にいる分には、構わないのではないかしら。

「ノエル……」

差し伸べた手をノエルは取らなかった。終わってしまうなんて、考えたくない。

「ノエル……あなたは、うちの子よね……？」

沈黙の中で、ノエルの小さな口がゆっくりとひらいた。

「ご……ご……ごめんなさいっっ!!」

ノエルは一声叫ぶと、エレノアの腕の中から霞のように消えてしまった。

痕跡ひとつ残さず、まるで最初からその場にいなかったみたいに。

「……」

「消えた？」

「消えた」

「ノエル様が……消えた？」

あまりの展開に、使用人達はどうしてよいかわからない様子で固まっている。もちろん、私も。

皆の動揺をよそに、カシウスは深い……深い地の底まで届きそうなため息をついた。彼のこんなに沈んでいる姿を見るのは初めて顔を合わせた時以来だ……。

カシウスは床に落ちた粒を拾い上げて、顔をしかめた。

「正体を看破されて逃げたな。エメレット家は大精霊の棲む聖地を守るためこの地に根付いた。精霊の代替わりが近づき、活動が活発になっているから接触には気を付けろと、屋敷中に伝えてあっ

たはずだが」

私をはじめ、皆分かっていることだ。そのはずだったのに、どうして。

——いいじゃない。そんなイタズラなら、されたいわ。

「わ……私が、願ったから……」

私が願ったから精霊は願いに応えてやってきて、その魔力で人々を魅了して、子どもとして過ごしていたのだ。

「あなたは担がれたんですよ、アリエノール。使い道を持て余した極上の魔力、権力、そしておらかさ。恰好の獲物だ」

カシウスの声が、なんだかとても、遠くに聞こえた。

エメレット伯爵邸は暗い雰囲気に包まれている。数年ぶりに帰郷した主人のカシウスは自らの不貞を疑われていたことに大層ご立腹で、忽然と姿を消した精霊の子どもに文句をつけるべく、森まで彼女を追いかけていった。

けれど、収穫はなかったようだ。

「……精霊は見つからなかったよ」

「そうですか……」

書斎に戻ったカシウスから報告を聞き、もう二度とノエルに会うことができないのだろうかと思った。騙されていたのだと知ったところで、今更、嫌いになれる訳なんてない。

「ごめんなさい。私が勘違いしたから、誰も何も言えなかったの。悪いのは全て私です。どうか、皆を責めないでください」

頭を下げると、カシウスの手が私の肩まで伸ばされた気配を感じた。けれどその手は私に触れることはなかった。

彼はこんな時でさえ、私を壊れ物のように扱う。

「……顔を上げてください、アリエノール。あなたが謝罪する必要はない。エメレットを思ってくれての行動でしょう」

「ええ……」

エメレットのため。たしかに私はそう言った。けれどそれは本心だっただろうか？　これで私も一人前の女で、本当の妻になれる——そんな打算がなかったと言いきれるだろうか？

「誤解するのも仕方がない。何しろあのノエルと名乗った精霊は薄気味悪いほどに俺と似ていました。事情を知らない人間から見れば縁者だと思うのは自然。……こちらこそ、申し訳ない。かっとなってしまった」

カシウスは書斎の本棚に残っていた『エメレットのれきし』を見付けてため息をついた。ノエルのために用意されたものはすべて、ノエルの部屋だった場所に押し込まれて痕跡を抹消されているけれど、ここに一冊だけ残っていたのだった。

「あなたが幸せなら、別に誰がこの屋敷に居ようとかまわない。それこそ、あなたがたとえ他の男との子どもを宿していたとしてもね。俺は喜んでそれを受け入れるだろう」

私がそんな不埒なことをする訳がない。と言いかけて、私は彼に同じ言葉をぶつけたのだと、やっと理解した。

「しかしあれは魔性のもの。神聖な森の中では人間との距離は適切に保たれるが、あの精霊は森から出て、あなたの魔力を吸い取って、形を得て、まるで人間のように飽食を貪っていた。……あなたの体にどのような影響があるのかはわからないし、何より彼女を当家の跡取りにすることは現実的に考えてありえない」

「そう……そうよ、ね」

「体調が良かったのは精霊が魔力を吸っていたからでしょう。その点では、感謝すべきか……良かった点もありました。しかし、もう姿を現すことはないでしょう。エメレットに害をなすことはないだろうが、向こうも用心するだろうから」

カシウスの言葉に私は自分で想像した以上に落胆を感じた。まるで心にぽっかりと穴が開いたみたいだ。

「ええ……そうね」

頑張ったつもりだったが、喉からは予想以上に落胆した声が出た。

「気にすることはありません。精霊と人間は違う存在だ。……まさか俺も、精霊があのような行動に出るとは予想もしていませんでした」

「私がこの家にいてよいと言ったからなの。ノエルはとてもいい子にしていたわ……」

ノエルはいつも私を励ましてくれていたし、屋敷の皆とも仲良くやっていた。もし精霊が今後姿を現さないとしたら、不用意な行動で傷つけてしまった私のせいだろう。

……自分の無責任な言動で、多くの人を困らせてしまった。そして、一番迷惑を被ったのはカシウスだ。

「ごめんなさい。私のせいで」

「アリエノール。あなたはいつも悲しんでばかりで……怒りはないのですか」

「……怒り？」

「騙されたことに怒りを感じないのですか？　ノエルと……今日まで不貞を働いていたはずの俺に対しても」

カシウスは怒るでも呆れるでもなく、静かな瞳で私を見つめていた。

「衝撃は受けました。でも……それよりも、子どもがいたら、きっとこんなふうなのね、って。そう思えたから……。あなたが笑ったところを、ほとんど見たことがなくて……なんだか、子ども時代をやり直しているようで嬉しくなってしまって。それで私……変だってレイナルトが言うのを無視して、あの子にすがったの。ごめんなさい」

楽しい夢は終わってしまった。まだ未練がましく、嘘でもいいから戻ってきて三人で暮らしたい、だなんて思っているのは私のわがままだ。

言葉にはできないけれど、ノエルが不貞の子ではないのなら。

それならばもっともっと、素敵なことじゃない。と考えてしまう自分がいる。

……自分の浅ましさに、ほとほと呆れてしまう。

カシウスはどっかりとソファーに沈み込み、深いため息をついた。

「……そうですか。でも……アリエノール、あなたは……俺が不貞をして、その後始末を妻にやらせるような男でも構わなかったと言うのですか、それでも子どもがいた方が良いと？」

「……そうだったら、よいと思ったのよ」

自分は何もしてあげられないから、誰かの産んだ子どもにすがってでも、心の安寧が欲しかった。何もしてあげられなかった夫のかわりにあの子を可愛がることで、失った時間も、得られなかったものすべてを取り戻せそうな気がしてきた。

カシウスが不実で不真面目な男性であれば、いつも思い詰めたような、責任に押しつぶされそうな表情を見なくてすむ。

そのぐらいひどい人であれば、私だって、こんなにも彼を残して逝くことに後ろ髪をひかれる気持ちにはならないのに。

カシウスは誠実な人だ。生きること、領地を守ることに必死で、早く大人になろうと頑張っていたのに、私はそれを誰よりも理解してあげなければいけなかったのに、自分の欲求を優先して、彼の誇りを傷つけたのだ。

……本当に、ひどい女だ。妻としてふさわしいとはとても言えない。

「……そう……ですか。確かにその方が、離縁の口実にはなりますね」

「離縁……」

その言葉を私に向けて色々な人が口にした。けれどこれは王家が定めた婚姻だから、私と夫であるカシウスが納得していれば他に誰が口を挟む必要もない……そう、思っていた。

けれど今日、カシウスが離縁という言葉を口にした。

「アリエノール。もう夫婦の時間は終わりです」

カシウスは立ち上がり、机から一枚の書類を取り出した。——離縁状だ。すでに片方、夫の欄の記入は終わっている。

「アリエノール。あなたはカシウス・ディ・エメレットと離縁し、ふたたび王女となる」

「王女に……」

カシウスの言葉がひどく非現実的なものに聞こえた。私はもう、王女でいるよりエメレット伯爵夫人として過ごした時間の方が長いのに。

「地霊契祭がまもなくでしょう。国王陛下はアリエノール姫が巫女として公の場に立つのをお望みだ。……そして華々しく、ふさわしい相手と結婚して真の花嫁となることもね」

カシウスの表情が、一瞬、苦悶に歪んだように見えた。

「嫌よ。……私には……」

「アリエノール。あなたが感傷的なのは自分に余命がないと思っているからだ。自分には女としての価値がないから、どんな目にあっても構わないと卑屈になっている。……これでも、あなたの性格は分かっているつもりだ」

「そんなの……だって、仕方がないじゃない……」

私には定められた役割しかないのだ。それを失って、これから一体どうすればいいと言うのか。

カシウスは私がわかると言うけれど、私には彼がわからない。彼の喜ぶことをしてあげたかったのに、私は彼の尊厳を傷つけて、なにもできないでいる。

「せめて、最期までここにいさせて」

やり直す機会が、欲しいと思った。私は夫のことを何も知らない――ただ、責任を分かち合えず、彼を理解出来ず、傷つけられたと思った何倍も傷つけてしまったことを理解しただけだ。

――私、本当は、あなたのことを知りたかったのよ。

そう吐き出したい言葉は、張り付いて喉から出てこない。

「ご心配には及ばない。外遊のさいに腕のいい医師を連れて帰ってきました。王城に控えています。……この領地で静養している間にも医療は発展した。あなたは二十歳を超えても生きられる」

「……え？」

「あなたのおかげでエメレット領は生きながらえた。そろそろ、お互いに自立の時です。……今まで、ありがとう」

私の手に無理やり離縁状を握らせたカシウスの手は、少しだけ、震えていた。

「さようならアリエノール、我が妻よ。願わくば、あなたの未来が満ち足りたものであるように」

五年ぶりに再会した夫の声は一方的な離縁を突きつけているにもかかわらず、なぜだかとても、やさしく聞こえた。

書き下ろし
番外編

ノエルはとっても忙しいから

OTTO NO KAKUSHIGO WO MITSUKETA NODE DEKIAI SHITEMITA

エメレット伯爵家令嬢、ノエル・ディ・エメレット（？）の朝は早い。

もうすぐ朝日が顔をのぞかせようかというころ、ノエルはむくりと起きあがった。

「ううん……」

「まだねてていいよ」

わずかな物音で目を覚ましかけ、眉間に皺を寄せたアリエノールの耳元に、ノエルは子供に言い聞かせるようにささやきかけた。アリエノールは再び深い眠りに落ちたのか、薄いまぶたを開くことはなかった。


「さて」

ノエルはそっと廊下に出て、足音を立てぬように歩いた。階段下のホールではレイナルトが確認事項を口にしながら朝の見回りをしている所だったので、ノエルは発見されぬよう身を隠した。

「あぶない、あぶない」

ノエルはレイナルトが他の場所へ移動したのを見計らって階段を下り、勝手口から屋敷の外へ出た。

神殿へと続く精霊の森の入口ではアズマリアが出発前の祈りを捧げていたが、何かの気配を感じたのか振り向いて背後を確認した。

しかしノエルは巨大なクスノキの陰に隠れていて、アズマリアがその姿を発見することはなかった。

「はて、何かがいたような……精霊様でしょうかな。それでは今日も、どうかご加護を」

「はい」

ノエルはアズマリアの独り言に返事をすると、一礼して森の中に立ち入ってゆくアズマリアの背中に向けて指で小さく丸を描いた。すると緑の小さな光がアズマリアの周りにまとわりつくように彼女のあとを付いていく。

「これでよし」

ノエルは満足げに頷くと、活動を始めた使用人たちの目をかいくぐりながら寝室へ戻り、何食わぬ顔で布団にもぐりこんだ。布団の中でじっと待ち、アリエノールが起きたのを見計らい、自分もさも物音で目覚めたかのように体を起こした。

「おはよう、ノエル」

「おはよう」

「よく眠れた？」

「うん」

ノエルはまじめな顔で頷き、アリエノールとともに朝食の席につき、大人一人分の料理をぺろりと平らげる。本当はもっともっと食べることができるのだが、胃の弱いアリエノールがひどく心配をするので、朝食は軽めにとどめている。

「アリエノール。ノエルはこのあといそがしいけど、一人でだいじょうぶ？」

ノエルは本気で心配したつもりだったが、アリエノールは何がおかしいのか、口に手を当てて朗らかに笑った。

「ほんとにいそがしいのに……」

愉快そうに執務室へ去ってゆくアリエノールの背中を見送ってから、ノエルは指折り今日の予定を数えた。

「昼ごはん、おやつ、晩ごはんをきめて、野菜を見てうまをみて……エレノアをやっつけて、ラナと遊んであげて、レイナルトの髪の毛のようすもみてあげないと……昼はそれでしょ、夜は……」

「あらあら、まあまあ。お嬢様は大変ですね」

「ノエルはほんとうに、朝から晩までとてもいそがしい」

ダニエラのからかうような声にノエルは頬を膨らませた。彼女がとても忙しいことを、知っている人間はここにはいない。

「まったく、にんげんときたら、ノエルの気もしらないでのんきなものだよ」

ノエルは誰にも聞こえないようにもごもご文句を言いながら、書斎でカシウスの手帳を眺めて考えた昼と夜のメニューをボグズに伝えてから、その足で農園へ向かった。

「いいかんじに、魔力をならす、いいかんじに……」

ぶつぶつと呟きながらたん、たんと足を踏みならしながら歩くノエルを、ヤズレンが発見した。

「おや、ノエル様。どうされましたか」

「おしごと」

大真面目なノエルに、生真面目なヤズレンは頷いた。

「そうですか。それはお疲れ様です。そちらの苗には触らぬようにしてください。それはピーマンではなくて『あばれオオカミ』ですから」

ヤズレンの忠告にノエルが首をかしげたので、ヤズレンは青唐辛子の苗に触れた。

「むかしむかし、エメレットのとある畑に、一匹のおおかみがやってきました。おおかみは畑や牧場をあらすので、困りはてた村人たちは、ささげものをして精霊に助けを求めました。その夜、村長の枕元にうつくしい女性の姿をした精霊があらわれて、村長に小さなとうがらしをさずけました。村人たちは、そのとうがらしを育て、料理の中にたっぷりといれ、おおかみの食べそうな所においておきました。

はらぺこのおおかみはおいしそうな匂いにつられてすぐに姿を現し、料理をがぶりと丸呑みしてしまいました。けれど中には沢山の青唐辛子が入っていましたから、おおかみは「あおーん！」と叫んで、走り去ってしまいました。からいからいとうがらしは、水を飲んでも飲んでも、辛さがおさまりません。あんまり水をのみすぎて、おおかみは湖に落ちてしまいましたとさ。

それ以降、エメレットの人々は唐辛子をつくって、家にわるいものがきたときは、唐辛子料理をふるまうようになりました、とさ。……今では、その小さな緑の唐辛子は『あばれオオカミ』と呼ばれているのです」

「ふーん」

ヤズレンの話を聞き終わる前に、ノエルはぷちっと『あばれオオカミ』をむしり、ぽいっと口に入れてしまった。

「い、いけません！」

ヤズレンは顔面蒼白になったが、ノエルは平気な顔でむしゃむしゃと咀嚼しつづけ、ごくりと音を立てて飲み込んだ。

「うーん、とっても立派なできでした」

ノエルはもう何個かむしってポシェットにしまいこんで、次の仕事へ向かうことにした。背後でもしかすると生育不良かと思ってあばれオオカミを口にしてしまったヤズレンの叫びが聞こえたが、ノエルはあまり気にしなかった。


「おひる前のおやつをもらいにきた」

「おう、ノエルお嬢様。まってましたぜ」

調理場にやってきたノエルを見て、ボグズは破顔した。

「今日はクリームパフを作ってみました。一つだけですぜ」

「わあ。白鳥だ」

ノエルは自分の手の平に乗せられた、首の長い白鳥をかたどったクリームパフを上から下からしげしげと眺めたが、やがて悲しげに顔を伏せた。

「でも、持っていくのはちょっとたいへん。途中で首とか羽がもげちゃう」

「お出かけですかい。それならスコーンかビスケットをどうぞ」

指し示されたバスケットにかけられた布をめくり、中に入っていたスコーンやビスケットをポシェットにパンパンになるまで詰め込んで、ノエルは裏口のドアを開けて庭に出た。

精霊の森へ繋がる入口の近くではエレノアが馬具の手入れをしており、ノエルはその視線をかいくぐって生垣にもぐりこみ、森の中へ入った。

神殿へ向かう参道には小さな緑の光がふよふよと漂っていたが、ノエルがポシェットから取り出したスコーンを細かく砕いていると、小さな光がノエルのまわりに集まってきた。

「よし、よし。ノエルだってお腹がすいているのに、ちゃんとお仕事するんだからえらくないかな」

まるで小鳥にやるように、スコーンをぱらぱらとまき終えてから、ノエルは切り株に腰掛けてクリームパフをたいらげた。そうしているうちに昼の鐘が鳴る。

「むっ」

森の中を移動する何人かの番人に見つからないように、ノエルは森を突っ切って、生垣の下をすり抜けて、何食わぬ顔で昼食の席につき、午後はエレノアから課せられた課題をこなして、夕食時に出されたシチューのポットパイに舌鼓を打った。

ノエルには夕食後にも大切な仕事がある。アリエノールの寝かしつけだ。

体内にこもった魔力を吸ってしまえば疲れて眠ってしまうはずなのに、今夜はなかなかアリエノールが寝付かないので、ノエルは顔に出さないが、内心困ってしまった。

「まだねない？」

「もうちょっと、ノエルの顔を見ておこうかと思って。今日はあんまり一緒にいられなかったから

……」

「ノエルはもうねるよ？」

ノエルがまぶたを閉じて狸寝入りをすると、やがて安らかな寝息が聞こえてきた。

「ふう……ねかしつけも骨がおれるよ」

暗闇の中小さく呟いて、ノエルは体を起こした。サイドテーブルに置いてあったグラスを手に取り、薬用酒をほんの少し飲む。

「さて。本番はここから」


ノエルの夜は長い。ポシェットをかけ、グラスを手にまずは屋敷の地下にある酒の貯蔵庫へと下りていく。ノエルが鍵穴に指を当てると、かちりと鍵がひらいた。

「ちょっとたしなむていどに」

ノエルは酒樽についている栓をひねり、グラスになみなみ注いで、それをちびちびと飲んでいき、やがてグラスは空になった。

「もうちょっと熟成がひつようかな」

ぺろりと唇をなめ、何事もなかったかのように貯蔵庫の扉を施錠し、ノエルは階段をのぼり、外に出た。

農園のふちに黒い獣の影が数頭、佇んでいた。

ぼんやりとした影には目鼻がなく、猪や鹿などの野生動物ではないのは明らかだ。エメレットの人々に言わせれば、魔物という人間に害を為す存在――ノエルがいる間は屋敷の中には入ってこれないが、隙を見て忍び込もうとしているのだった。

「ノエルのうちにわるさをしにくるなんて、やんなっちゃうね」

ノエルは不満げにつぶやくと、昼間に回収しておいた『あばれオオカミ』を黒い獣に向かって投げつけた。すると獣は黒い霧になって消し飛び、あとには月明かりが農園を照らしているだけになった。

ノエルは畑の収穫済み野菜を入れておく箱から野菜を何本か抜き取って、馬小屋に向かった。


『こんばんは、偉大なかた。よい夜ですね』

馬小屋に入ってきたノエルに声をかけたのは人間ではなく、馬のラヴィネスだ。

「そうかもしれない。にんじんたべる？」

『いただきましょう』

ラヴィネスは上品なしぐさで、細い人参を一本たいらげた。

「おなかいたいこいる？」

『あちらに』

ノエルがラヴィネスに首で指し示された馬房のなかに入り込むと、中に栗毛の馬がいた。まぶたはひらいているが、具合が良くないのかノエルが近くに寄っても俯いたまま、じっとしている。

「よしよし」

馬の腹のあたりをなでると、体が楽になったのか、馬はふーっと長いため息をついた。

『今宵もお世話になりました、偉大なかた』

「ほかに困ってることはいないの？」

野生の馬というものはすでにエメレットの土地からいなくなって久しく、精霊と会話ができる馬というのは、このあたりではラヴィネスをおいてほかにはいなかった。

『今日のところは。……あちらの建物には行ったことがございます？』

ラヴィネスは首で、ぼんやりと灯りのついている別棟をしめした。

「あっちには他のにんげんが住んでるって」

『ここ最近、向こうから赤子の声がするのですわ。毎晩、長い間聞こえるので、きっと困っているのだと思います』

「ふうん」

ノエルは気のない返事をしつつも、視線を使用人の住居棟へとむけた。たしかに一階に一つ、カーテンの隙間からぼんやりとした光がもれている。

ノエルはそこに向かって歩き、少し開いている窓に手をかけ、体を持ち上げて中を覗き込んだ。中ではマルティーヌが交互に泣く双子の間をいったりきたりしたり、時計を眺めてため息をついている。

「マルチーズ」

ノエルの呼びかけにマルティーヌは最初、答えなかった。草木の擦れる音がもたらす幻聴だと彼女は解釈していたからだ。

「ねかしつけ、ノエルが手伝ってあげよっか？」

「お……お嬢様っ⁉」

二言目でマルティーヌはやっと顔をあげて、窓にかじりついているノエルを発見してしまい、声にならない叫びをあげたが、なんとか立ち上がり、ノエルに向かって手を差し伸べた。

マルティーヌに体を引き上げられながらノエルは窓から室内に入り、こざっぱりとした小さな部屋をもの珍しそうに眺め回した。

「どうされたのです、こんな夜中に。まさか悪さをしたから家から追い出されたわけでもないでしょうに」

「マルチーズを手伝いにきた。ノエルはねかしつけるのがとくいだから」

「ま……それで、お屋敷を抜け出してわざわざここまで？」

マルティーヌはノエルに話を合わせることにした。自分の名前をずっと間違えられているのは今更気にしていない。突然お嬢様の地位に納まったこの小さい少女が朝も昼も元気を持て余して、その辺じゅうを歩き回っているのを、マルティーヌはよく知っていた。

「べつにそれだけではないけれど」

夜風が顔に当たったからか、それともノエルの魔力を感じ取ったのか、双子の片方が泣き始めて、それに呼応するようにもう一人も泣き出す。

「あらあら、また……おむつも、お乳も大丈夫なのに。どうして泣くのをやめてくれないのかしら。しかも二人揃って」

「このあかちゃんは生まれてきたのがうれしくて、ふたりでいっしょにいると、もっとたのしいから。だからねない」

「……そうだったら、いいんですけれど。いえ、困ってはいますが」

「ふたりともねるといいよ。いいこ、いいこ」

ノエルがそれぞれの額に両の手をかざすと、双子はまばたきの間にすやすやと眠ってしまった。

「まあ……ありがとうございます。お嬢様と一緒にいるとよく眠れるというのは、アリー様も仰っていましたが本当なのですね」

「うん」

「お嬢様も、もうお散歩はやめてお休みになってくださいな。夫を起こして、お屋敷までお送りしますよ」

「その必要はない」

ノエルが手をかざすと、マルティーヌもまた、耐え難い眠りに襲われて、備え付けていた小さな寝台の上に倒れこんでしまった。

マルティーヌがぐっすり眠っているのを確認したノエルはぴょんと窓に跳び移ると、そこをよじ登って再び地上に降り立った。

「はい、はい。エメレットのこはみんな寝る時間」

ノエルが庭でふよふよと漂っている光たちを追い立てると、光は森へ帰ってゆく。

「ああ、いそがしい、ノエルはとっても、いそがしい。でも……たのしいから、まだねない」

ノエルのつぶやきは、誰の耳にも届かずに、闇にとけていった。

あとがき

『夫の隠し子を見つけたので、溺愛してみた。』を手に取ってくださり、ありがとうございました。表紙やあらすじから想像した通りの話だったでしょうか、どうでしょうか。

作者の私は「これ世の中に家族ものみたいな顔で出して大丈夫な話なのかな?」とずっと疑っています。

この作品を書いたきっかけは「家族ものを書きたい!」と考えたものの、どちらかの実子ではなく血が繋がっていない「疑似家族」系の作品がいいなと思ったからです。

なら子どもポジションは人外だよね。

ということで人間のフリをしている人外キャラ、ノエルを誕生させました。

この作品において精霊(妖精)は人間と近しい場所に存在するけれど異なった価値観を持っており、相手の出方によって態度を変える、善にも悪にも転ぶ流動的な存在として書いています。一応人間には気を遣うし、学習能力はあっても良かれと思ってやったことが少しずれていたりするし、基本自分が正しいと思っていて、思い込みが激しくて、でもまだまだ赤ちゃんでたまに自分の設定を忘れる。ノエルはそういうヤツです。

話を考えるにあたって「アリエノール」という名前は歴史上の女性「アリエノール・ダキテーヌ」から拝借し、最初に決まりました。

かわいらしくて彼女と親子っぽい名前、ということでノエル。

緑あふれる輝く土地、ということでエメラルドからエメレット。じゃあそこの領主の名前は木っぽい名前に違いない。……カシウス。（樫）。ということで、彼らの名前はすぐに決定。

「妖精の取り替え子」伝承から着想を得て、何年も帰ってこない夫の代わりに、夫そっくりの子供が愛されていない（と思い込んでいる）妻の元に現れたら？　その子が（ひねくれた性格の夫と違って）とってもかわいかったら？

それはもちろん、夫の隠し子だと思い込んでもおかしくないと思うんです。それならなぜ夫は帰ってこないのか？　隠し子はなぜ夫に似ているのか？　とどんどんと発想を膨らませていき、この話が出来上がりました。

「読み進めないと話の全貌がわからない」のがこの作品の特徴であり難点でもある。ということで一巻がここで終わってしまいました（笑）

「全然話が終わんないじゃん！」と思われた読者の皆様、大変申し訳ありませんでした。何しろ巻末までのあいだ、ウェブ版から九万字ほど加筆して、背景にしかいなかったキャラたちに名前がつき、台詞やエピソードが増え……という感じです。

二巻も同じくらいのボリュームで新たに書き起こしております。どうか次の巻にもお付き合いいただき、バラバラになった三人がどこへ向かうのか、わかり合うことができるのか——その行く末を見届けていただけたなら、作者冥利につきます。

最後になりましたが、この作品をスカウトしてくださった担当編集さん、素晴らしいイラストを描いてくださった天城望先生、制作に携わってくださった皆様、そしてウェブ版を応援してくださった読者の皆様に、心よりお礼申し上げます。

次巻予告

王都へ連れ戻され、
娘と夫と離ればなれになったアリエノールは、
二人へ会うため王宮を抜け出そうと奮闘するが――?
幸せあふれる子育てファンタジー第2弾!

夫の隠し子を見つけたので、溺愛してみた。

OTTO NO KAKUSHIGO WO MITSUKETA NODE DEKIAI SHITEMITA

2

辺野夏子

illust 天城望

2025年 夏
発売予定!!

白豚貴族ですが前世の記憶が
生えたのでひよこな弟育てます
shirobuta kizokudesuga zensenokiokuga
haetanode hiyokonaotoutosodatemasu

本がなければ
作ればいい――
原作小説
（本編通巻全33巻）
第一部
兵士の娘
（全3巻）
第二部
神殿の
巫女見習い
（全4巻）
第三部
領主の養女
（全5巻）
第四部
貴族院の
自称図書委員
（全9巻）
ラインストア限定
続々発売中！
ハンネローレの
貴族院五年生
貴族院外伝
一年生
短編集
（1～3巻）
第五部
女神の化身
（全12巻）

夫の隠し子を見つけたので、溺愛してみた。

2025年4月1日　第1刷発行

著　者　辺野夏子

発行者　本田武市

発行所　TOブックス
〒150-6238
東京都渋谷区桜丘町1番1号
渋谷サクラステージSHIBUYAタワー38階
TEL 0120-933-772（営業フリーダイヤル）
FAX 050-3156-0508

印刷・製本　中央精版印刷株式会社

ISBN978-4-86794-530-8

Printed in Japan